醉美汀州

吕金淼 著

中国书籍出版社
China Book Press

图书在版编目（CIP）数据

醉美汀州 / 吕金淼著. -- 北京：中国书籍出版社，2019.11
（古韵汀州旅游文化丛书 / 吕金淼主编）
ISBN 978-7-5068-7526-4

Ⅰ. ①醉… Ⅱ. ①吕… Ⅲ. ①散文集–中国–当代 Ⅳ. ①I267

中国版本图书馆 CIP 数据核字（2019）第 254186 号

醉美汀州

吕金淼　著

责任编辑	张　娟　成晓春
责任印制	孙马飞　马　芝
出版发行	中国书籍出版社
地　　址	北京市丰台区三路居路 97 号（邮编：100073）
电　　话	（010）52257143（总编室）　（010）52257140（发行部）
电子邮箱	eo@chinabp.com.cn
经　　销	全国新华书店
印　　刷	四川科德彩色数码科技有限公司
开　　本	787mm×1092mm　1/16
字　　数	200 千字
印　　张	13
版　　次	2019 年 11 月第 1 版　2019 年 12 月第 1 次印刷
书　　号	ISBN 978-7-5068-7526-4
定　　价	280.00（全 5 册）

版权所有　翻印必究

序

谢有顺

我来说说我的家乡——长汀,又名汀州。她自汉代置县,公元736年(唐开元二十四年)建汀州,一直是福建五大州之一。这个自然、人文并重之地,既是客家首府,国家历史文化名城,也是革命老区,何叔衡、瞿秋白均就义于此。更有一奇的是,天下水皆东,唯穿城而过的汀江一路向南。还有新西兰作家路易·艾黎在20世纪30年代的一句话,"中国有两个最美的小山城,一个是湖南凤凰,一个是福建长汀",流传甚广。凤凰近年声名远播,长汀自然也为世人所重。

但这些更像是书上写的,很长一段时间,我听起来也有一种陌生感。我成长于长汀的乡下,村子离县城还有六七十公里地,20世纪90年代才通电、通公路,那时的县城,于我而言也是一个遥远的异乡。十五岁进城读书三年,离开时,仍觉自己是这个小县城的局外人,没学会这里的官话,没结识一个城里的朋友,再加上当时的城里人和乡下人是两个阶层,所以,我关于故乡的认同感,从来与县城无关,而只关乎我个人的村庄——美溪。村庄周回数里,我很熟悉,县城的各种著名景观,却至今不甚了了。这些年来,我每年都回家乡数次,每次在县城停留的时间也不算短,但那几天,多半是客居宾馆,邀三两好友,喝茶吃饭,高谈阔论,长汀的著名古迹、景点,仍然很少涉足。其他乡镇的美景,就更是无缘观赏了。

出了我的村子,我依然是一个异乡人。好几次,都想为故乡写点什么,可提笔时才发现,自己对故乡的人文、自然,实在是太陌生了。心中就难免有一种愧疚之情。我曾暗自动念,要像众多游客一样,也对美丽的长汀做一次深度旅行,了解她,与她对话,进而为她作传。"若为化得身千亿,散上

峰头望故乡。"柳宗元此说虽然夸张,一度却是我的真实心情。

这个愿望,一直没来得及付诸实行,每次回乡,也就一直没能摆脱自己是一个异乡人的感觉。直到最近,读了好友吕金森的《醉美汀州》一书,这个感觉才逐渐消释,因为我终于完成了一次关于故乡的纸上旅行。

我是跟着金森兄的笔看完长汀的山水与风物的。他写店头街、古城楼、孔庙、汀州试院、云骧阁、沈家大院、老古井,写归龙山、龙门、丁屋岭、卧龙山、朝斗岩、天井山、赤峰嶂,这些地方,很多我都还未去过,但读完金森兄的文章,一切如在眼前。他怀着对这片土地的深情,一边走,一边看,一边吟咏,一边沉思,不仅写出了一个地方、一种风物的丰富情状,还提供了他自己独有的感受和体验。

这是一个人的汀州,可能也是目前了解汀州比较全面的个人导览。金森兄是漳平人,我感慨于他一个外来者,却对汀州有这份热爱,多年来持续为其书写、立言。他不是这片风景的入侵者,而是一个谦卑的倾听者、抚摸者、体察者。他选择的往往是一个低的视角,选一个周末或一个夜晚,一次不经意的造访,三两好友同游,慢慢地靠近那座山、那片老屋。重要的是有那份心情,有那份对风物的敬意,细细体察,从山水的皱褶处,从器物的光泽中,感受天地的造化,时间的力量。他的文字节奏感好,表现力强,修辞并不复杂,但密集的短句子中,却常常散发出一种特别的文学韵致。这样的写作接通的与其说是那个外面的世界,还不如说是作者的内心。寄情山水,致敬古人,让古物和文明重新发声,也许都是为了确证作者内心那点奢侈的念想——如他在《夜探古城楼》一文中所描述的:"此时,一个人,安静,没人打扰,远离了白日的喧嚣,挺好。有时感觉就是这样,无法言说,只能任情感的纹理,慢慢体会。就像在这个春夏交替的季节,始终会安静地听,听耳边风声缓慢低吟的唱词一样,惬意。"

你能从这样的文字中,看到写作者的一种坚持;你也能从这样的文字中,感觉到写作者在安身之余是如何立命的。他这样写自己所见:"站在山顶,罗公庙一览无遗。它的背后靠着一锥形山尖,犹如独角神兽的神灵触角。左右两侧,则是绵延对称的山体,就像一张太师椅的两边扶手,够结实的了。轩昂威耸的庙宇,倒像一位老人安如泰山稳坐乾坤了。真是好地方!"(《神奇归龙山》)他这样写自己所想:"礼堂背后的右厢房,曾是关押中共早期领导人瞿秋白的地方。简陋的居室里,立着他的塑像。一眸凝望,一份期待久远的顾盼,心中肃然起敬,本想悄悄说句问候先辈的话语,唯恐不妥,转念放弃了,对他作一个深深的鞠躬。世间,有些人来了,就像浮云飘过。有的人走了,却注定会在别人的心里留下深深的印记,哪怕是一朵花,只要无怨无悔美过,诗意过,即使匆匆,也会让人刻骨铭心,正如眼前这位英年早逝的伟人。"(《汀州试院》)皆是平常所见,平常所想,但正是这些细碎的片断,在丰盈着作者的内心,他陶然于此,不仅与这些山水、人事休戚与共,也从中领受精神教益。一个人与汀州的对话,既让这个人有了新的精神根据地,也让汀州获得了崭新的审视。汀州不再是静默的山水,不再是板结的历史,而是活生生地内化于一个人的心中,从而完成了二者之间的深度对话。所谓"醉美",其实就是心灵的沉醉。

这样的写作,甚至也为我这样的游子重新确证了"故乡"二字的意义。尽管我是一个还有老家,还有老房子的人,但常年生活于城市,适应了城市生活,不可否认自己正日渐成为一个无根的人。在我生活的世界中,似乎没有什么经验和感受是个人所独有的,一切都成了"我们"的,你有的,别人也有,个人生活越来越像公共生活。在这种公共生活中,个人的感觉不仅是零碎的、局部的、易逝的,还是无从辨认来处的,所以,你在一个城市生活得再久,也难以获得类似于故乡一样的认同感。无根就无认同。对故乡的回望,有时就是为了找寻这种能辨明来处的认同感。我想起司空图的诗:"逢人渐觉乡音异,却恨莺声似故山。"是啊,故乡是永远无法忘怀的。正因为如此,金森兄写作中的地方性知识,以及对这个地方的沉醉,再次帮我辨识了故乡的来路,也使我在一堆破碎的记忆和经验中,第一次获得了对故乡极为整全的感受。

我感谢他。我想,长汀也要感谢他。

【作者简介】谢有顺,中山大学中文系教授、博士生导师,教育部青年"长江学者",中国小说学会副会长,广东省作家协会副主席。

目 录
CONTENTS

序/谢有顺 ·· 001

夜走店头街 ·· 001
夜探古城楼 ·· 005
夜走城墙路 ·· 010
夜醉"龙潭" ·· 014
访孔庙 ·· 018
神奇归龙山 ·· 023
走南坑 ·· 028
夜漫操场 ·· 032
探秘龙藏寨 ·· 036
龙门印记 ·· 041
春牧丁屋岭 ·· 045
汀州试院 ·· 053
醉游曲凹哩 ·· 059
葱郁美中磺 ·· 065
龙门"勇士漂" ·· 070
亲近卧龙山 ·· 076

追风朝斗岩 …………………………… 081

幽静云骧阁 …………………………… 087

沈家大院 ……………………………… 092

深闺红旗厂 …………………………… 097

寻觅八宝峰 …………………………… 103

走进普济峰 …………………………… 110

此地甚好 ……………………………… 116

阅读老古井 …………………………… 120

禅意天井山 …………………………… 124

醉美汀州 ……………………………… 137

神秘赤峰嶂 …………………………… 142

雨登龙华山 …………………………… 150

龙下峡 ………………………………… 158

高田胜境 ……………………………… 164

双珠泉走禅 …………………………… 174

在水一方 ……………………………… 180

俊秀东华山 …………………………… 189

后　记 ………………………………… 196

夜走店头街

夜，暗透。

与友相约，逛店头街。

小巷，不宽。路头，一座牌楼，青柱、雕梁，庄重、凝眸，在弯腰引路。路面，铺就青石板，表面锃亮，显然有些历史，留下许多不为人知的故事。或许，这就是所谓的积淀。店铺，默立两旁，不成对仗，没有规矩。门面，多为木板，一片片横向排队，已发黑、老旧。刚贴不久的对联，出现了缺角，该是顽皮孩子的佳作。

此时，店铺大都已打烊了。

古老的小巷，似乎是一位陌生的老人，突然站在我的对面，笔直的，让我猝不及防。承接弱光的手指，拂过了幽静的暗处，一个设问就是：是什么赋给它岁月的质感？一下子，把自己弯在了记忆的田埂上。唯那一眼朦胧的影子拽着我的心，有点儿惊喜，也有点儿惶恐。我，试图以平静的心态，走进旧时光，直到彼此相融。

脚步声，有高有低，一轻一重，撞击石板，便有了回响，清脆，却收拾得干净。这种景致在旁人的眼眸里，料想也是一幅挺不错的风景画。

红灯笼，高高挂在屋檐下，晕散下的光，柔和，微红，落在青石板上，有些斑驳陆离。小巷的夜，就从这暖色调开始。自己的影子，也那么真实地嵌在其中。这是我最喜欢的，总觉得它映衬下粉红色的日子，会丰饶安暖，日渐沉实。

"风来了。"友轻轻嘀咕了一声。"了"的尾音，揉进少许的夜色，有些长，也有点甜。靠近一个甜美的声音，一个不小心，就会撞见好多温柔的表情。

就这么走着，说着。谈天，也说地。谈工作，也说生活。语言，有时真的不需要太多的帮衬，三言两语，也能说到心坎，暖暖的，便有了一种亲近。嘀嘀咕咕，和着细风的言语，便一溜烟洒落，渗透进了石板缝隙。时间悄然溜走，像细沙，在指缝间滑落，堆积成过往的山丘，也把深深的依恋铺在了石板路上。不知不觉，便走出了一大段。

一家咖啡店开着。小女生，明眸，皓齿，站在柜台里，正招揽着客人。店里播放着一曲《眼睛渴望眼睛的重逢》，挺湿润入耳的曲子。如此美景，不知可否与友在此消受一刻时光？我没敢问，怕是惊扰了友人心中那一池闲情。安慰自己，眼落处，若清清淡淡，心儿也会跟着安安静静的。

酒肆的小楼阁里，传来喝酒的嘈杂声，惊扰了小巷的清静。门板上的福字，仍喜庆地倒贴在那儿，竟觉得格外的开心妥帖。想过去轻轻摸摸，心竟小小地颤动了一下。一年至尾，所有的存在和最后的沉潜，许真是落在一个"福"字上。不用细说，这个字勾描了太多的期望。我，你，都希望它圆润些，饱满些，辐射面大些，巴不得它能够流向眼中所及的每一道浅湾。

汀州人书斋。新开张的，招牌书法潦草，却有点韵味。大凡所谓的书法家，都喜欢写出让人看不懂的笔画安放，那叫高明，如医生处方，写出的都是你看不懂的字。进去看看。店的前面柜台尽是古董玩意，后排才是一些本乡本土作家的书，里面有不少是名家的书，如北村、李西闽、谢有顺等等，都曾熟悉的。店主人在前面柜台忙着谈古董生意，对我们的光顾，却少点热情。原来卖书的老板早已回家，与他无碍。随便翻了一本书，见书中有一句"茶形细秀明净，像一种笔触，带一丝字底泛出的浅色，被摆在了眼前"。见这个句子，很是喜欢"浅色"一词。就像见到一张清晰熟悉的面孔，便瞬间留在脑海里了。每每想来，当你阅读时，能从字下端详出一抹儿浅浅的色调来。许，就是不出声，也能呷出可听懂的唇语了吧。每一笔每一画，刚好裂落在了怀里，刚好和留存在怀里的那一捆露珠相拥。不经意间，便划破了一种潜藏的情绪。"懂"字，在这一刻显得有些狭窄了。那字，穿过睫毛的纹理，就那么真切而安然抵达你，不容你有一丝一毫的挣扎。

小巷旁，一小拱门，有"贡元"二字。友说，院内有棵古老的铁树。转身进入，一棵曲折粗大的铁树，挨着那幢破旧的老屋，淡然的悠闲。密集的叶片，简单过滤了耀眼的灯光，落在背后的，是淡黄的寂寥。细看树牌，树龄竟达600多年。时光就在掌心滴溜溜地转，一时让自己不知所措。可不可以说，它，远离了喧嚣，在简单、清然、静而美地生活？不屑说，它已是朴

素的先哲了。身临其境，此刻的心，圆润透明，不惹尘埃。

"走吧，我带你去一个地方。"温润的声音，叫醒了流连的信步。来不及把小巷的曾经、过往，琢磨得更为精细。

在小巷里，走了很长一段路，才找着位置。

老阿姨很是热情，非要我们从大门进去，礼节，隆重纯朴。屁股落座，便上来盘盘水果。年轻的女主人，张罗着给我们倒茶。一壶，两盏。凉了，续上。

品茗是要底蕴的，也讲投缘。手持杯盏，举目对饮，喜欢杯盏之间隐去的语言。有"听茶"一说，有声无声，有形无形。其实，每个人，都有自己的一盏茶。世人都用水泡，却别样色彩。谁解茶性，谁就近茶一分。

一夜行走，一路感悟。走在这样古老的小巷，心灵或许就是一种抵达。矮过季节的额头，做着一种等待——彼此的相认吧。

春天，许就此也毗邻了。

店头街

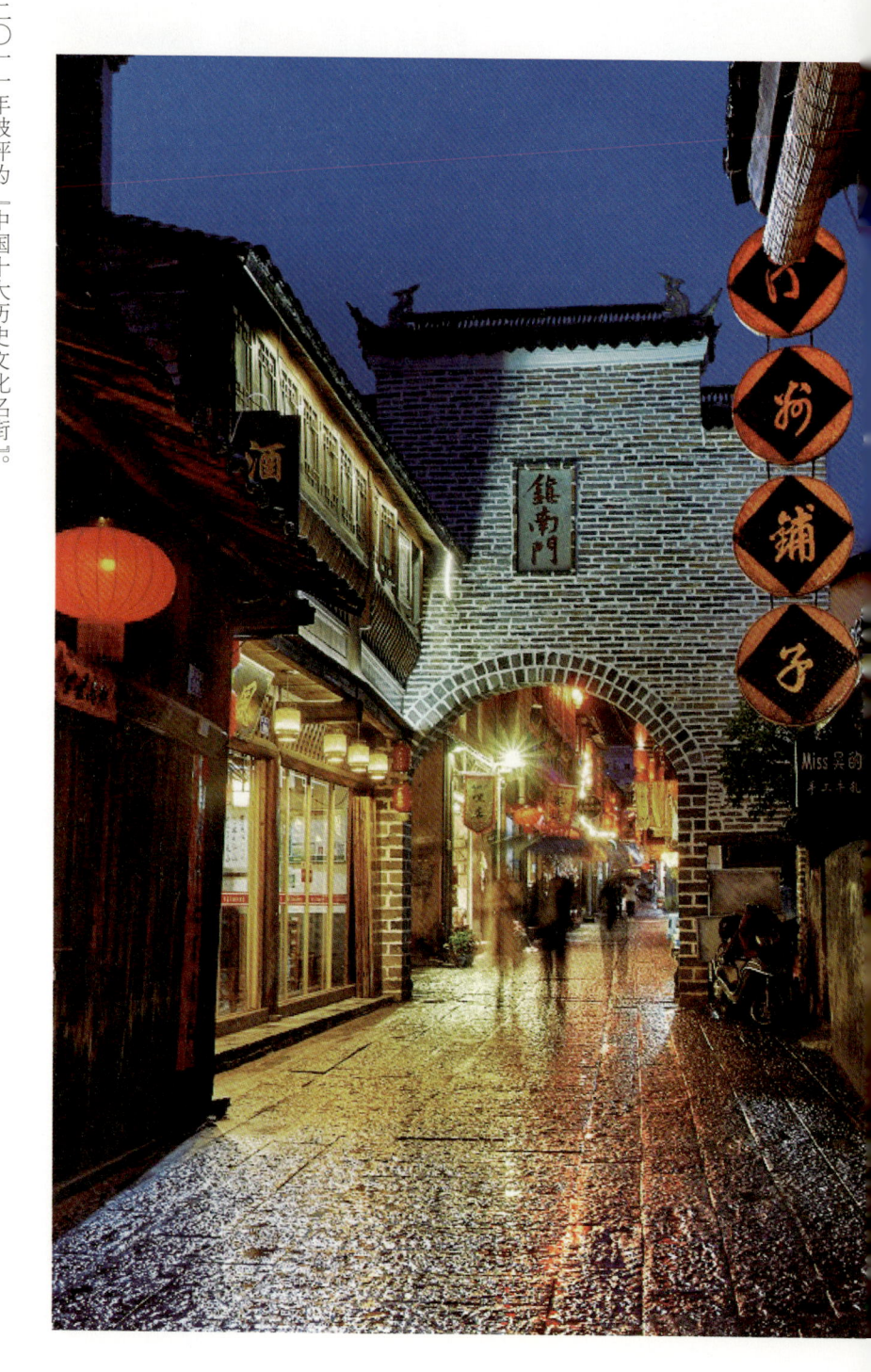

手工作坊。二〇一一年被评为『中国十大历史文化名街』。古街上遍布着豆腐店、打铁铺、剃头店、雕刻店、裁缝店、画像店等近百种手工作坊，是古汀州城最典型的客家商业街区，保留着完整的传统格局和独特的历史风貌，前店后宅、下店上宅，称为『店头街』。全长近千米，明清古街，是长汀四大历史传统街区之一，位于人口最稠密的南门街和五通街之间。街面宽约四米，

夜探古城楼

风起处，夏天已经赶在路上了。

友人告诉我，趁着夜色，到古城楼走走，看看，坐坐，再对上一杯茶，别有韵味呢。嘴角的微笑，随着她的转身而变得扑朔迷离。也就是那一天的傍晚，忽下了一场大雨，把天空洗了个清透。

店头街，青石小巷，走到尽头，才发现小巷的另一端竟然拴在了古城墙上。城楼，就坐在城墙上，两层，不高，却很结实，非常伟岸。拴在那儿，绝对十分牢靠。

驻足，仰望，夜色下的城楼，背靠深邃的天空，沉着、悠闲、静默、不语。翘起的屋檐，勾住了串串流星。张扬的背影，粘住了片片浮云。红灯笼，高高悬挂，随风摇曳。霓虹灯，攀缘在墙边屋角，七彩流苏，挤眉弄眼。清甜的空气中，浅浅漫流着温馨与浪漫。似曾相识？哦，不正像影视里的皇城吗？皇亲国戚，在里面灯红酒绿，极尽演绎人间最精彩的故事，主角里当然有妲己、有杨玉环、有西施……还有那些被喊着万岁、千岁的爷们；艳世美女，倾国倾城呢？想到这些，心中暗自发笑。其实，人生易逝，那些醉生梦死，不也是过眼烟云么？

城楼下，有一拱门，古老，庄重，空洞，沧桑。斑驳的墙砖，历经岁月的侵蚀和风化，已经凹凸不平。如满脸皱褶的老人，跑风的嘴，一张开便是参差不齐的牙齿了，而里面深藏的故事，却似一棵茂密的树，当心绪随风飘送时，就会摇曳出千形百态的风姿。城门，见证了来往匆匆的行人，也见证了古城兴衰的历史。拱门上，嵌着一个挺不错的名字：惠吉门。为何这般叫法？不得而知。不过，一个"惠"字，暖暖的动词，温润了四季春夏秋冬。一个

"吉"字,幸福的招牌,恩惠了苍生东西南北。呵,文绉绉的破译,许词不达意,无法抵达城楼的高度,饱满的内涵。但执意地靠近,情愿以一颗祈祷之心,想象着黎民百姓,生活在春暖花开的季节里,沐浴在阳光普照的关爱中。

拾级而上。脚下,灰色的长方砖,呈"一"字形排列,中间白灰隔开,紧紧挨着、抱着、温暖、亲切。有人告诉过我,这些砖头曾被刻上了不同记号。朦胧月色,已无法辨清。有必要分清你我?齐肩而坐,并坐而挨,笑看人生,不是很好么?踩过的沙沙声,瞬时便被它收拾得干干净净。俯首,轻抚这些经过时间淘洗的旧物,如同遇见久违的故人。真想把鞋袜脱光,悄悄地,轻轻地,在上面行走,那种切肤的暖意,想起来,心里就安稳,熨帖。此时,一个人,安静,没人打扰,远离了白日的喧嚣,挺好。有时感觉就是这样,无法言说,只能任情感的纹理,慢慢体会。就像在这个春夏交替的季节,始终会安静地听,听耳边风声缓慢低吟的唱词一样,惬意。

上了城楼。发现楼门紧闭,空无一人,今晚是没有对茶一杯的福气了。若有,轻音缭绕,推盏当歌,该是多么的诗情画意啊?想到这些,心里禁不住有些沮丧,苍凉。想起唐朝王维的诗句"遥知兄弟登高处,遍插茱萸少一人",那份感慨,是一种淡淡的伤,浅浅的痛。"情由景生,景以情宿",用在这里,算是确切了。

倚墙而望,江对岸隐约,诡秘。这个夏天,来得勤快,早把绿叶悄悄铺在了岸边,感到热意时,坐在上面,许慢慢地,内心就会拐回一个滋润的念头。江水悠悠,细细流声。诗人说,这是城内部传到远处的声音。可是,我怎么觉得是声音漫过了身体,透过了思绪?也覆盖淹没了那静寂的言语,以及刚刚被安置好的感伤。

突然觉得,前面那点感受肤浅了。许,一座城楼,就是一段历史,是长在生宣上的,不论何时窥见它,前后左右都微微晕染在心间,只是不知哪一笔是浓?哪一笔是淡?哪一点是起?哪一点又是止?还有,就是"走进"一词,许只有走进了过去那段历史,才能把好这座城楼的脉搏。如果说,时间是细微刻度盘的话,那我甚至无法数出这座城楼或大或小的任何一个数值。记得有位诗人说:风景在远方,她的诱惑在于遥远的距离和美丽的传说。许,我只在它的周边,徘徊。

记得,友人说探城楼的标题要用"夜卧"一词,"卧"字,走近了,便

有零距离的感受，这是很有情趣的构思。我深知，与这座城楼，见了几回面，却少了"深入"二字的分量，只能用"夜探"一词，如去见见新朋友，不生分就罢了。突然觉得，字词真是一枚很微妙的介质，恰如一道微光，刚刚好可以嵌入所经的罅隙，甚是妥帖。

很多心动的臆想，一直潜伏着，只为"等"字润色。等一次，会心的交集。一如，今晚与古城楼的际遇。

跨一步，是夏天。

汀州古城楼

城墙上的门楼,是汀州城的标志之一。城楼之间由城墙相连,既有军事防御作用又有城市防洪功能。砖木结构的城楼便于瞭望,也是守城将领的指挥部和重要的射击据点。雄伟壮丽的外观,显示了城池威严的风采。古汀州的城楼盖在城门之上,素有『十道城门九把锁』之说,所以古汀州的城楼一定不少。目前,保存完好的城楼有惠吉门楼、五通门楼、济川门楼、广储门楼、朝天门楼、宝珠门楼等。

夜走城墙路

走过店头街，登上惠吉门，往北走，便是一段城墙路了。目之所及，一段城墙路，平坦，宽敞，大方。此时，已有不少人在上面行走。

脚下，灰色的方砖，细数着行人的步伐，应有绵密的记忆。青苔也已爬上城墙，只是不知何时。来过的人，去过的人，都笼罩在朦胧的夜色中，神色各异。紧走的，慢步的，各有打算。说他们肆意地把影子撒落在这里，不知是否算附会的牵强？或许，心的院落，管不了他们的脚步，来也匆匆，去也匆匆。有人坦言，慢走，是想寻觅这里曾经的美丽。也有人直白，快走，只想在城墙路上捡回自己的健康。其实，不管有多少风景感动，有多少清韵回旋，在他们的心中，只想贴近属于内心久违的那份寻找。

不小心，目光撞上了城墙上方藏匿姓氏的灯笼。一个个似列兵，整齐，有序。漏下的光线，给城墙披上一层薄薄粉红色的外衣，柔和，温暖。情绪的颜色，竟也被周边的景致揉搓在一块，百点千染。一个姓氏，源远流长。摇曳的小灯笼，收藏的分明是台湾诗人余光中《乡愁》里那份细软的思念。多少离开家乡在外奔波的游子，乡愁成了一张张旧船票。

倚在城墙垛口，看汀水悠悠，看远处星火，空间已染上了怡然和宁静的气息。月湖，溢出了星星点点，撒向人间。天边的月儿，相思成骨，成了船儿，越发清瘦。用心描绘，画出的朦胧意境，竟被一阵风轻轻带了去。目中所景，眼中所物，所看见的都与安静坐到一起了吧。此处感受，最是寂静，最是淡泊，最是清透。此时，只想沉下心，做个深呼吸。已不在乎一个人，是否把自己遗忘在纯粹的路上。这种姿态，不知算不算友人曾说过的"发呆"。如果是，那算有了境界，已融入那份宁静，那份自然。当然，人在最安静的时候，极易产生情绪的呼唤，而这一次夜间与古城墙的直接对视，则成了季节之外的那一点特别珍爱。人生的际遇，想来也是如此。偶然的契合，

就是小小的欣喜，会让你记得喜形于色的味道，记得当时心底涌出的暖意和喜欢。哪怕是会意的一个小小细节和过程，都会让你刻骨铭心，足够，永远。

五通楼，又是一座城楼，竟然比惠吉门的城楼高了一层。别致且不同，是通道穿楼而过，两旁有一排木质廊靠。一对男女正依偎着，旁若无人。"明天一定要走吗？"女的怯怯地问，抬起头直看着那男的说。"都已经订好明天的车票了。"男的小声回话着，刻意回避着那女的目光。"会忘记这个地方吗？""不会的。"女的重新把头埋进了男的怀里。这情景，如小说，如影视，是我始料不及的。想起了史铁生的《我与地坛》。地坛，是一座废弃的古园子，藏着一个人的深爱与欢喜，藏着一个人的脆弱与忧伤。文字里，有那样的一行清泪，也有那样一段偎在心下细微的美。他把自己藏在了那里，然后再一点点去寻找遗失的过去。他说，什么也没忘，但是有些事只适合收藏。不能说，也不能想，却又不能忘。它们不能变成语言，它们无法变成语言，一旦变成语言，就不再是它们了。它们是一片朦胧的温馨与寂寥，是一片成熟的希望与绝望，它们的领地只有两处：心与坟墓。史铁生"那遥远的地坛"，直逼那对男女，不远的将来，他们会追寻这里曾经的诺言吗？暖色调的灯光，拷问着这对亲近的、相爱的人。这里风景独处，四周一片寂静。

过了五通楼，再走一段城墙路，便到了济川门的旧址。城楼早已损毁不复存在，旁边的两座小附楼，依然故我，闲看日朝夜夕。门边有一对联：一川远汇三溪水，千嶂深围四面城。这是宋朝汀州太守陈轩对汀城环山抱水赞美的诗句。一遍遍看过去，目光的枝条上竟绽放了初春的花朵儿。陈轩，一

位爱字之人，字和心情，在某一刻对接上了，心起于一念，落于一念，就把自己滞留在了某处，或惊，或喜，或暖，轻触心灵的那一点感慨，就不足为奇了。于我，却感到词穷意短，无力揭开这一层薄薄的面纱。

城墙边，有一小摊，卖茶叶蛋、玉米棒子，热气腾腾的，冒着白气。我最喜欢的，是金黄色颗粒的玉米棒子，饱满的，排列着，亮亮堂堂的。不知怎么，突然就让我想起了一幅油画，却记不清是什么画名，在西北的窑洞前，那个满脸皱纹的老大妈，残缺的牙齿，还有那抿嘴啃玉米棒子的神态，纯朴，自然，满足。

一段城墙路，打乱了思绪，没了由头，也没了主题。是不是折一束芒草别在衣襟，就可以穿越这座城墙的历史，心灵安静地抵达？显然，这是一种自我安慰，自我解脱。友开玩笑说，把你的那些废话罗织在一起，就有了一篇文的头绪。

呵，靠着墙头，声音细脆，如春草间隐着的一脉细流，静静地流淌……

汀州古城墙

　　始建于唐大历四年，至明清时期总长五千多米，它依山傍水，环抱全城，从卧龙山顶金沙寺两翼沿山势逶迤而下，把半座卧龙山都圈进城内，形成了"城中有山，山中有城"的汀州古城布局特色，犹如挂在观音菩萨脖子上的佛珠，享有"观音挂珠"美誉。现在保存完好的城墙近三千米，将朝天门、五通门、惠吉门、宝珠门连接在一起。

夜醉"龙潭"

济川门北走,不远处,便是所谓的"龙潭"了。"龙潭",顾名思义,是龙住的深潭,水的世界。

呵,夜探"龙潭",一潭汀水,靠在岸边,安静,缄默,似乎进入了睡眠。让人心醉的,倒是这里的奇石和樟树林了。

走近"龙潭",清光独处,无语细声。乌石,黝黑,坐在岸上,靠在崖边,拦在路前。这里一堆,那里一处。奇形,迥异,有席地对坐的,有凝神远望的,有闭目沉思的,有谈天说地的,有嬉闹成趣的……你想象成啥,就能像啥。美,这姿势,恰与好奇的心情重叠。

古老的樟树,盘根错出,都是百年甚至更长以上的树龄了。这一片,许有十来棵吧。树冠,茂密,苍翠。曾陪友走过几回,并出一考题:是路边的这棵樟树树龄大(300多年),还是侧上方的那棵樟树树龄大(130多年)?目测,侧上方的树明显要比路边的粗大得多,按常理,当然回答是侧上方的树龄大。友人发现我问话的端倪,自然不肯轻而易举落入我设计的圈套,狡黠地回答说,路边的大。我只好对他说,答对了,加一百分。从那以后,我改变了问法:你们猜猜这两棵树的树龄?结果没有一个人能够答对。小小的伎俩,小小的心眼,收获了一阵阵欢声笑语。

一棵连理树,相拥而笑,侧身探水,那种姿势,那份柔情,那般恩爱,令人感动。几盏射灯,打在枝丫上,树叶绿意便多了几分。目光相接,竟有一种莫名的感动。很美,是一种亲近的味道。整个过程就像凝眸与聆听。凝眸,看,再看,时光在她身上快乐地流淌。与,是一个轻脚步的连词,在静静的思遐和交流中,作了片刻的停留。聆听,把心靠近了,这些影子,这些

身姿，这些嵌入，这些厚重，演化成的那份笑容，那份心香，那份贴近，全都装进心了去。

停在樟树下，久久不愿离去。向上望，透着绿意叶片的间隙，幻化出那种重叠的层次和光影，朗然简素，却韵味十足。隔着自己划下的距离，感受那挨挤且未定的绿意喘息。最大的背景，就是顶上那弧形的茂密树冠。最大的满足，就是底下那一潭平静的深水。那时，映进眼里的不仅是明亮的绿色，还有内心的春色。偶有，片叶飘舞，像张着翅膀飘扬的字，落在了鹅卵石小道上，轻轻地，不动声色。心想着，若能按着笔画，一点一点耐心搭建，再佐以声音，滤过之后，会不会是蜷缩在骨骼里最美的，且惊了心的景致？

有人说过：生活是一次伟大的失眠，遇见的或想过的一切，都处在清澈的半醒状态中。呵，这一刻竟落成了心底的素描，重复了我良久不肯主动移开的一个眼神儿。闲心是最美的，清静却在这里做着盛大的蛰伏，将一切极致的美好，沉淀收敛。自此，自己才明白为什么走不出这片樟树林。许，是因了一个不经意的触动。许，只想找寻一个填补感动的介质。怀揣着希望，

就如眼前这片樟树林。只这一处,就够丰盛此行。

陶醉时刻,电话响了,惊扰了一方清静。"在哪?""一个人在散步,龙潭边,正被美妙的清静缠绕。""呵,那我也过来,就在你附近呢!""好啊!"

一个人,行走途中,会遇到很多人。许,碰面,擦肩而过,仅此而已。许,一抬头,一招呼,相识了,相知了,这就是缘分。有语说,与人的缘分,就像天空飞过某只鸟的嘴里携含着的一粒种子,正好掉落在你怀里的缝隙,便生了根。这话说来,还真是贴切,感觉是一种暖暖的质地。

如是,一个人走累了,突然就来了一位想陪你走路和说话的伙伴,多好。喜欢"随缘"二字,常在心底里孵出幸福的笑意。这字嘛,也轻也重。轻吧,彼此相处,只把那份念想轻轻放在心上便是,不要成为彼此的累赘。重吧,是予者和受者发乎心的认真,不可轻易作践了它。

曾对一友说过,"辨识"一词在网络,真是受用。不经意落下的痕迹,一句微语,都会有默然的相知,未见的欢喜,是寥寥数语的明了。许有些时候,不需要太多的字句,只是零星的碎语,就足够了。

今夜,醉在"龙潭",也醉在路上。

汀江龙潭

位于乌石山下。乌石山是卧龙山的支脉，一直延伸到汀江岸边。从远处观看，卧龙山宛如盘卧的巨龙，乌石山是匍匐在汀江岸边喝水的龙头。岸边奇石林立，古树参天，或矗立石旁，或长于石缝，姿态不一，苍翠茂密。山下，一湾碧水，清波荡漾深不可测，是为龙潭。龙潭为古代放生池，至今仍保存宋代摩崖石刻，镌刻「放生池」三个楷书大字。

访孔庙

往前一日,春雨满山城。

今日,忽然放晴。满屋子的阳光,落地一片。窗外,清亮得耀眼。静了心,只见日子缓步走来,绕了一圈,又转身走向了远处。

孔庙,又称文庙,与我的办公室,仅一墙之隔。到汀工作都大半年了,却一直没敢过去看看。看看,这里只能忐忑地使用这词了,似是随性,却是沉甸甸的分量。靠在窗口,不曾言语什么,惶恐,崇尚,敬仰,沿着心的阶梯一层层走下去,"咚咚",分明能听见圆圆的一颗颗落地的声响。毕竟,在心目中,这是一个非常神圣的地方。

过去看看。好天气,也搭上好心情。

门外,站着。一堵红墙,把历史与当今分隔在了两边。由此,有了此岸与彼岸。外墙,嵌有两幅青龙石雕,镂空,腾云驾雾,栩栩如生。六根花岗岩柱子,把外墙分割出了三个门。中间是大门,左右各一小门,对称。门柱、门楣,均用青石雕刻,有瓶、有花、有树、有动物,张扬,形象,逼真,十分的精致。大门的横楣,刻着"棂星门",因是篆体,瞧了半天也没能认全三个字。问了路人,皆不懂,摇头笑笑。陈述不出,怕是一种错觉,更怕是一种羞涩。有些东西,堆积门楣高处,类似于云朵,接近了形而上。世间一物一事,都有自己的印痕,而文字,还能诉诸某种思想而恒定存在。它,不仅是一种记录,而是在测量历史,在追寻思想。或者可以这样说,走在青石板上,不必回头看自己走过的脚印是深是浅,只要抬头一看,斑斓下缺了角的字,和微微的陈旧色彩就足够了。左侧门楣:道冠古今。右侧门楣:德配天地。这几个字,算看懂却又不懂。自己笑笑,没有表达,无从表达,无法表达，只能算认得清字的面孔而已。有时，觉得自己和字，就像养蚕人和蚕的关系。一个给它桑叶，用心喂养。另一个由蚕到茧，到最后，你竟然认不出它原来的模样。

跨过门槛，豁然开朗。左右厢房布局，对称、合理，木结构古香古色，是一色平静的温暖和妥帖。地板，石条铺陈。庭院中间是泮池，半圆形状，深有数米。一石桥，横跨泮池，连接通道，直抵内层院门。池边，石栏合围，栏柱上端，雕成狮子状。水池的壁缝，长了一些不知名的杂草，青青绿绿的，旁若无人，过得简单而纯粹。许，它们也会有些孤寂，如草尖的露珠，一不小心就会泅湿了流年。池内有水，不深，莲叶躺在水面，小巧玲珑的。应是观赏性的水莲花。莲叶很轻，可舞成任何模样，此时却显得沉重，像湿了的被子，撑不起来。几只红鲤鱼绕着圈子转，悠闲、自在。心想，仅就这点动感，也能给我不一样的情怀。多了这么一道风景，像自给自足的美丽清梦。为这，我都愿意致谢。

走过石桥，迈上五个台阶，接近一扇朱红大门。台阶旁，有一对石狮，威严，在认真坚守着。门前两旁各有两根圆形石柱，表面已经风化，凹凸不平，显然历见风雨了。大门，虽是木头制作，却也显得结实，厚重。门楣顶

上，突出四个齿状圆柱，不知是何用意。虎形状门环，青铜所做，轻轻一叩，便能传出清脆的声响。左右两旁，各有小门。料是古代等级森严，门不是随便想从哪进就能从哪进的。

　　进过门后，又是一洞天。宽阔的庭院，铺上青石板，显得十分有气势。院落四角，分别种有桂花树，香气迷人。主殿屋檐斗拱，雕梁画栋，琉璃黄瓦，十分宏伟。殿前，两幅青龙石雕，斜面安放。左右两侧，各有石阶让人通过。殿内，供着孔子神像。石柱，雕着青龙，左右呼应。有联相衬：左联"气备四时与天地鬼神日月合其德"，右联"教秉万世继尧舜禹汤文武作之师"，横批"万世师表"，为清康熙皇帝钦题。这些字，不经意就缀在一起，没有一点声音。看了很多遍，上上下下，做了一次又一次的迁徙。琢磨着，这种迁徙难道不是在用心打量么？其实，打量字的同时，也在打量着心里的自己。以字题表，一为彰显，二为崇尚，三为勤勉。心中，最爱"勤勉"两字了，它贴合自己深深浅浅的人生。另外，像不像自己曾经写的《梦舞人生》里，还想要表述的另一层"追求"的意思？许，只是依当时内心的一种体会

罢了。很多东西，静定在那里，有一种不言说的等待。或想，或做，无关紧要，这中间深深的记得就可。而这份重，已落在了心里，让人辜负不起。

殿内角落，左右各一碑。旧字，有几分的残缺，多为褒奖之词。光阴一直在走，感怀却依然如初。对我来说，透着勤勉的鼓励，合走了庸俗和懒散。今日，撞上了一次所谓意义上的"相见"，忽像犁开了一个豁口，让一些感想汹涌而入。因有这些感想，多了些许的追求和向上。

其实，活着的人，都有两个世界。一个是外在的，随着季节时令感知冷暖。另一个是内在的，随感悟心情体验人生。日子，大都是波澜不惊地翻过一页又一页。自己每天步履匆匆，难得一停一留。只是，每个脚步上面，都会留下清晰的印痕。

清然落笔，不敢着重。只剩下泗染的心，低低婉婉，隔着好长的距离……想好一字，写上一词，留着一纸，只为记忆今日的行程。回头，一瞬间的来路。光线一样，充盈着每一个角落，铺成了生活。

访孔庙 醉美汀州

汀州孔庙

孔庙又称文庙，位于长汀县城兆征路，建于宋绍兴三年（一一三三年），较为完整地保留了棂星门、泮池、拱桥、戟门、东庑西庑和大成殿等主要建筑，占地二千五百多平方米。建筑规模宏大、古朴壮观，尤其是大成殿，更显其独特气势，面阔三间，进深三间，抬梁式木构架，十三檀卷棚式前步廊，柱网布局规整。正殿的两边是墨色大理石阴刻而成的"四配十二哲"的全身像以及牌位，正上方悬挂康熙皇帝御笔牌匾"万世师表"。一九九六年被公布为第四批省级文物保护单位。

神奇归龙山

古话说，山不在高，有仙则灵。此话一点不假，归龙山，因为山上有座罗公庙而名扬闽赣周边。

走进归龙山，又因罗公庙。这座建于宋代的罗公庙，常年香烟缭绕，信徒络绎不绝。但万万没有想到的是，前些年闽赣边界乡镇的村民，因为罗公庙管理权归属问题发生了严重争执，双方纠集了大量人员准备大打出手。这个问题影响社会稳定，不容小觑，于是决定前往实地察看了解情况。

陪同上山的是林业局干部小丘。林间公路，沿着绵延群山顺势而上，车窗外是一片片茂密的森林，让人感觉犹如坠入茫茫的林海当中。当我脱口赞美这一带美丽的大森林时，小丘来了兴致，他告诉我，归龙山上的树种非常丰富，珍稀的树种也很多，有成片的福建柏、南方红豆，也有独特的闽西青冈等等，是中国最大的、唯一的国家二级保护植物伞花木群落。同时拥有福建省面积最大的天然黑锥林群落，黑锥林成片的面积近千亩。情况熟悉、说法专业，在他兴奋的表情中，流露出了十分的自豪与欣慰。说实话，真喜欢眼前这绵延山脉的层次和光影，朗然而简素。眼底里最大的背景，就是绿绿的树，蓝蓝的天。当然，眼里映着的不仅是明亮的春色，还有在内心产生共鸣的纯净与透明。

"归龙山的山脉长吗？"我突然问了一句。他笑着说："长着呢，脚都跑到江西的瑞金、会昌那边了，你说长不长？不过究竟有多长，我也没有一个准确的数字。"说完，他不好意思地做了个尴尬的表情。他接着说："归龙山地处我县境内的四都镇，最高海拔达1036米，确实是个好地方！你今天来，正好可以公私兼顾，好好看看这里的美丽风景。山上到处是怪石嶙峋，千姿

百态,造型各异,巧夺天工,当然最有名气的当算'风动石'了。而在山涧里,却又是另外一番景象,流泉飞瀑,清音回响,美妙无比,水中还有珍稀保护动物娃娃鱼呢!"呵呵,真是一处世外大桃源呢,说得我心花怒放。此时,让"寻找"这样一个动词,戳破了这里的绵延亘山,只希望自己是最为精灵的千里眼,用所看的一切,去读懂小丘的每一个字,甚至每一个标点。以一颗享受之心,在这洁净的春天里,去承接滋润般的关爱。伴着车轮的沙沙声,悉数捡拾每一个可珍存的记忆。

"罗公庙呢?"我接着问。见我听得认真,他兴致勃勃地接着介绍:"罗公庙,建在归龙山岩峰顶东南的坡谷里。修建这座罗公庙是有来由的。相传,宋朝江西吉水有一状元罗洪先,因厌恶官场腐败,不恋政途,遂隐居于归龙山,躬耕自得,他精通药学,常采药救人,深得周边的群众爱戴。罗公去世后,当地百姓为了纪念他的恩惠,特建庙塑神将其供奉,以泽苍生。从此,福建、江西两地的群众尤其是周边乡镇的村民经常会前来朝拜。"我想起很喜欢的一句话:"时间最好,可以把不好计量的东西放进去。"是啊!罗公让人们给记住了,永远。那份重,是永远落在了人们的心坎里。很多东西,铭记在心头,那是一种不言说的崇拜与尊敬。春来,秋去,无关紧要,这中间便是深深的记得。

"那福建、江西两地的群众又为何因罗公庙大动干戈呢?"我感到疑惑。小丘生气地说:"还不是世人的欲望在作怪!罗公庙的香火很旺,香客捐赠的香火钱很多，一些群众便动了私欲，对罗公庙的管理权提出了要求。长汀四都镇的百姓认为，庙是建在四都的辖区内，当然归四都方管理，而江西瑞金的群众则认为，罗公是江西人，而且长期以来江西的百姓都有前来朝拜，是双方共有的。双方坚持己见，闹得不欢而散，甚至快要打起来了。"哎，人为财死鸟为食亡，难道在这神圣的地方也能大行其道？为一方之利而准备大打出手，如果让罗公祖师得知此事，又会做何感想？

车接近峰顶，已无路可行。不远处，有个较大的停车坪，只好停车沿着崎岖小道向上攀登。大约20分钟，便见到一处平坦的山势，山凹有一个宽阔的大坪，在坪的上方是一座单檐歇山式的寺庙，这便是罗公庙了。此时，已有不少香客在此朝拜，坪场旁的燃放鞭炮处响个不停，硝烟升腾弥漫上空。小丘说，咱们先爬上寺庙对面的小山包，看看寺庙的好坐向吧。同意他的观点，沿着一条小道向小山包爬去。站在山顶，罗公庙一览无遗。它的背后靠着一锥形山尖，犹如独角神兽的神灵触角。左右两侧，则是绵延对称的山体，就像一张太师椅的两边扶手，够结实的了。轩昂威耸的庙宇，倒像一位老人安如泰山稳坐乾坤了。真是好地方！在这崎岖边远的地方，竟然建了一座寺庙，古人的开创精神，非凡的眼力，实在令人敬佩。

下山进入罗公庙，这座宋朝的寺庙，砖木结构，算不上宏伟雄壮，但整体古朴幽冥，构筑精巧，气势威严。在公路不通的古代，硬是靠肩挑背驮把建筑材料运上山顶，已经是非常了不得的事情了。站在庭院里，回看对面一山包，才发现什么叫"天造地设"。你瞧，那山包不大不小，立在寺庙正前方的几百米处，不近不远，看似绕烟的香炉，又像是木鱼的随手，似乎没有比这样的安放更为妥帖的了。

小丘说，爬到庙后的山顶，便可以看两省三县的（长汀、会昌、瑞金）的美丽风景了。于是，绕过罗公庙，沿着一条小路向上攀登。终于爬上山顶了，只见四周峰峦叠翠，云雾缭绕，一望无际，心胸豁然开朗。"一览众山小"的视野，高瞻远瞩的情怀，油然而生。依稀中可见散落在大山底下远处有一些零星村落和弯弯曲曲的羊肠小道，在云雾中若隐若现。是哪里的村落？是福建的，还是江西的？晕了，已然分不清东南西北了。

绕过山顶，沿着山脊小道继续往西前行，路上遇见了一些男女游客。他们汗流满面地坐在石头上，正在认真地剥脱草笋的壳子，旁边已经是一堆剥好了的白绿相间的草笋。丰收啊，在哪拔的？一位小孩用手指着上下的山坡，你看，到处都是呢。沿着他所指的方向，果真是一丛丛茂密的小竹林，地上的小竹笋遍地冒尖呢。他们这一群人，玩也玩了，又有了意外的收获，心情

一定是非常的快乐吧。或许这样还真是一种好的活法，随遇而安，随心所欲，开心就好。继续前行500米左右，只见一处较为平坦的去处，少了茂密的树林，怪石林立，错落有致，鬼斧神工，其中两块巨石叠加矗立，摇摇欲坠。走近，用手轻轻一推，便摇曳晃动，旋即又恢复原状，让人叹为观止。这就是被人们称之为"风动石"的奇观吧。小丘介绍，据历史记载，这"风动石"已有万年，至今安然无恙，屹立不倒。再往前探出身子，前方岩崖凌空，脚底下已经是万丈深渊了，让人望而却步，毛骨悚然。唯有"风动石"旁的一棵不老树，光秃着身子，仍在做最后的坚持。

回程途中，小丘问我美不美？我说，美，美在那片茂密的森林。又问绝不绝？绝，这归龙神地，天造地设非人类所能及也。再问奇不奇？奇，这怪石，风能动却千年不倒乃大自然造化矣。怪不得宋代汀郡太守郭祥正称归龙山是"神仙之府"，并赋诗赞美：神仙之府名归龙，千层翠玉擎寒空。秀色凌风入城郭，半街晓日金蒙蒙。

归龙山，这神秘的地方，期待再相见。

归龙山

地处四都镇，为长汀十大名山之一，坐西北朝东南，乾山巽向，以山险峻、石怪奇、云雾多、神祇灵，而享誉闽、赣、粤。主峰海拔一千零三十六米，早在唐代就有人进山修道。山上有出米石、风动石、馒头石等众多自然景观，每处景观都有客家信仰『罗公祖师』显灵的故事，山上的『罗公祖师庙』被闽赣两省边界百姓誉为神庙，香火鼎盛。

走南坑

南坑，是长汀县的一个村。这村名，耳熟，先前并没去过。走进南坑，认识南坑，缘于那次没有事先准备的行程。偶然、随意，纯粹只因友人的一句轻松提议。

从县城沿着319国道走，大约十来分钟，车便拐进一个岔路口。路怎么会那么窄？提出陌生的问题，回应的是那诡秘一笑。原来，友人早已布下迷魂阵，想先让我一睹银杏基地的美丽风光。

路边，有风景。银杏、杂木、青草，还有零星的荆棘，张扬、散漫，高低错落，阳光慵懒地歇在上面，一副闲情。微风，送来青草香，清新淡郁，身心蓦然。在春天，草籽悄萌，慢慢扎根、抽叶，经春夏，生长了那些绿叶。片片，层层，于日光、暗夜，静静地沐浴在灿烂的阳光下，吸吮着甘甜的晨露。想必，那些茎管里，青液仍在欢快地漫流着。

小屋，孤独守望在小路的拐弯处。一群小鸡，追赶、嬉闹，肆无忌惮。什么是幸福，什么是快乐？突然让我萌生出这样的问题。伴着一只小公鸡的鸣叫，内心掩不住的那一颗欢笑，已悄悄地抛到了靓丽的羽毛上。屋旁有一梨树，绿叶成荫。果实挂满枝头，掩映其中，探出醉人的诱惑。向阳的，面已着色，透出微红，如豆蔻女子，隐约萌春迹象。风轻过，梨树微荡，那果实像极了魅人的大凤眼。这场景、这气息，好熟悉啊，那是曾经的童年。体内的一些元素颗粒，瞬间就被激活，投放于无形的银幕上，随着脉搏激烈跳动。我坏笑，想起幼时偷的青果。

快到坡顶了。一片银杏林，几山连绵。路边的银杏树，有碗口粗了。树，有年轮一说，把每年经历的风风雨雨，都铭刻心底。不知在这贫瘠的黄土地

上，它已经默默地守候了多少个春秋。叶子，茂密墨绿，裙边呈扇状，波浪形，甚是好看。友笑着说，像芭蕉扇呢。为什么会是像芭蕉扇而不是其他的呢？转身瞧他，身着一件红白大花相间的短袖衬衫，正好与绿叶相衬。"呵呵，原来你想当铁扇公子。""那不成妖精了么？"银杏果，一串串，躲在叶子的背后眨眼，在偷偷地笑。

"好看么？"站在那棵银杏树下，用手拉住了一枝树叶。阳光，透过绿色叶片的间隙，漏下稀疏的光点，打在了身上，斑驳陆离。叠加的层次，柔和的光影，朗然简素。映入眼里的是一道绮丽的风景，更是内心涌动的一份灿烂和喜悦。"真的很美！"一声咔嚓，瞬间把美定格在了相机里。记得一位以色列诗人曾说过这样一句话：放慢你的脚步，把灵魂带上。或许，在庸常的生活中，不知不觉就错过了许多温馨的景致。这些影子，这些身姿，这些嵌入，这些贴近，这些笑容，在阳光心情下，就会绽放出灿烂的花朵。其实，那份心香，那份美丽，也需要一些缘起。

沿着山道进入了南坑，一片池塘。站在塘边，风起，有些清凉。被风吹皱的水面，撕破了天空的宁静。保持着望的姿势，把衣服裹紧了些。这水面的眼睛可真大呀，装下了整个的我，但有些变形了，风惹的。塘边的草，自顾不暇，仍在生长。"以前，我家的池塘放了许多水浮莲呢！"友发了感慨。"嗯，用它喂猪。"眼中，点染了一抹笑意。只是，想象着水里的浮莲，飘零，没有着落，突然有种远离的感觉。记得是在一友家中看过的一幅字：身若游萍倦漂泊，浮生一梦且做客。似一种孤单，更似一种凄凉。

水车，架在水池中，吱吱呀呀不停地转动。许，大凡我们过的日子，如

水车，缓慢地旋转，不消停，少不了苦和累。但一切的美好都在，如满园的水车，圆而静美。你说这很有意境，要立此存照，活生生就被你抓进了美好的愿望里。心想，若浮生清凉，风烟俱净，也算是一境界吧。旁边有荷花，热情地开放着，高至云端，低至淤泥，弥漫出的种种美丽，尽情地舒展着，一如它自己所愿，在春天里将时光翻松，种上朝花夕梦，守着生机，守着花期，终将结出美果。看着自己，看看周边，慢慢长出新的样子，默默地享受幸福……

鹅卵石小道，木栈道长廊，还有一些仿古的楼台亭榭，全是新的，现代的，没什么兴趣，踩不出什么新的花点。倒是，依稀轻落在上面的一层兴致话题，让我多了一份亲近，一份感慨。有人说，把言语放在了抛物线上，对面那个人一定是用了心的，如剥冬笋般，一层一层，把本来的壳子剥掉后，才肯让你相见的。不知不觉中走着，让你陪着，消费了半天时光，我真该说一声谢的。可是，没有。相近的人，喜欢把时间捣碎咀嚼的味道，我算是。

"下次还来吗？"声音清脆，如小河边隐着的那一脉细流。

"嗯，还来。"

"那我陪你。"不小心，醉在了别处。

看着微笑的脸面。接纳，喜欢。一眼瞥见天上有几朵白白的云儿。

那么熟悉的景致，它是住在心里的。

一些叠放的记忆，黄了，又绿……

弯腰捡拾，每一个可珍存的记忆。

南坑村

在策武镇境内,与河田、三洲相邻,全村二百六十六户,一千一百四十八人。二十多年前,地处严重水土流失区的南坑村还是『山光、水浊、地瘦、人穷』的『难坑』,经过艰苦、持续的治理,昔日的『难坑』如今树木葱茏,银杏满山,湖水清澈,荷叶田田,变成村民安居乐业的小康村。

夜漫操场

一个人在异地工作,夜间便是空落落的日子,无聊,寂寞。

晚饭后,最多的活动内容就是到长汀一中操场散步。敝人戏称,是在用脚步丈量着空寂的日子。

一友曾调侃说,如今的生活丰富多彩,你怎么就没点颜色呢!我无以为答。喝酒嘛,咱不会,就那点酒量,上不了桌面,喝多了点,把身体喝得东倒西歪地球倒转暂且不说,如果话乱说了,事情耽搁了,那可是要命的事。打牌嘛,会是会点,不过大把时间花费在牌桌上,最后,腰也直不起来了,没什么好处,偶尔玩玩就算了。于是,算来数去,走路、散步,最合算也最环保。一个人,可以单独走,自由想着自己的心事,开心的事也好,伤心的事也罢,让紧走慢步消化所有的一切,身体也得到了锻炼;有伴了,邀着一起走,也很美妙,说说心事,谈谈心得,拉近了彼此的距离,也打发了难熬的时光。

刚来的时候,在操场的跑道上,总是一个人,后脚赶着前脚走,空洞、机械、潦草、乏味,把所有要想的事想完了一遍,绕上十来圈后,总算给自己完成了锻炼身体的任务。

今夜,不同,有人陪走。夜的空气里,有玫瑰的颜色。

"这样挺好吧!""很好!"相视一笑,开始走路。塑胶跑道,至此,有了起点没了终点。彼此,谈点所闻,也说点心事,很亲切,很温暖,悄悄地就把心情散落在不知所措的脚步声里。有首诗说:彼此相知,尽在不言中,一次疼惜,便留下永恒的感动……不知是不是话先投机才会有接近的禅意。经过观礼台时,突然停止了对话,只有沙沙的脚步声。嗯,偶尔的空白挺好,应该让话语有个喘息的机会。许，每当一字流经清唇的时候，心都会不由自主地跟着做一种抵达，一种接受。其实，那是一个很自我的地方，好似一个人枕着斜坡上的月亮一样，泊在黑白间，等着朦胧色，最好会扶风……

"秋天一来，有些凉了。"跑道边有两棵茂密的树，靠近时，你丢了一句感知冷暖的话来。风吹了么？嗯。落叶了么？还没有。"夏往秋来，自然规律，心不凉就好。""呵呵，需要取暖。""那是收获的季节了。"秋天，让我想起了这样的场景：一个人，一把镰刀，将秋天砍翻，留下一片黄灿灿的田地，粘上泥土带回家。简洁，明了，但不简单。是让人多向往的场面！几句对话，跳跃，静默，总感觉留了一大段的空白，断了衔接，少了连接词。在想，间隔是用逗号、问号、还是用感叹号？没有答案。来了阵风，不知来自哪个方向，是静心聆听了行云的流觞，离落的。只是，真心记了下来，身边的感受，身边的事。月光闪闪，照见了心里的影子么？外在的表现，内在的影子，其实距离是很近的，一句话，一眼神，足够。相合与否，相知与否，简短的言语，便能心领神会。偎近的暖，靠近的心……在另岸，有人跟自己默契与敬慕，是福分了。

"想起童年，有很多故事。"跑道旁，有些健身器材，能勾起一些童年记忆，虽然童年时没见过这么新鲜的玩意儿。"那些经历咱们相近，只是有的

记不得了。""嗯，能记住的那些，肯定是最让你难于忘怀的。""给你一个惊喜！""惊喜？""你写的《童年轶事》看完了，还重新打了一遍。"好家伙，不感动都不行。岁月深处，时光浅处，总是重复两个动作，一个是记，一个是忘。许，大部分人是相同的。只是有的永远铭刻在你的脑海深处，有的已经悄无声息地被岁月漂白了。接近寒冷，突然让我想起了一物——棉。人说，棉的一生笑两次，在两个季节，都在阳光下完成。夏天笑一次，艳艳的红，清香四溢；秋天笑一次，暖暖的白，一片祥和。世间有棉，似短犹长的一生，才暖得自然、妥帖、轻软，浮沉的灵魂，才有了栖息之地。

空气里有温度，是一种暖。月光如水，轻泻在柔软的跑道上。依稀的风景，缄默的语言，清静的透彻。只是不知从什么时候，才能学会与生活清淡相对。心在平坦的地方，走来走去，脚步跨在彼岸，也留在了此岸。"我说一故事，好不？""嗯。""一女子游山时，买了山杏。掰开，准备下口时，发现杏里卧一虫子。惊叫，把杏丢弃一旁。旁边禅师说：'或许前世你们就相识，只是再见时，你已认不出他。'""有禅意，许人生就是这样。"一霎间，心生暖，指尖微汗。许，你我都深陷在一种情境之中吧。

夜，扯上了一层薄薄灰白色的幕。首尾相接的路灯，引导着脚步，沿着街店漫步回家。心想，今夜散步，许能生出一些暖暖的字词了。字是缓缓流淌的，感触犹如桶里的水，渐渐满了，就会从边沿徐徐溢出来。当然，一些断章，终是留给自己的。有名人说了，人要解决三件事，次序是：解决人与物的问题；解决人与人的问题；还有就是解决人与内心的问题。以第三件为最难。内心就是世象吧，内心一念是佛，一念是魔，有时候也难免冲突，所以安宁很是难得。放下心，自在心，何处染尘埃。真想如友所说，做好自己的矫正师，最好是一辈子的。

轻剪一帘时光，轻握梦的一角，有浅浅的影，浅浅的笑。不变的方向，仍是一生的渴望与期盼。时光有时会改变记忆的储存，但有些片段，定然会在特定的时间突现。

回首看一些情景的时候，竟没了轮廓，也自然。

一生会遇万人，成知己者寥寥无几。

长汀一中

　　创办于一九〇四年，前身为龙山书院（建于一六八一年）。学校坐落于风景秀丽、紫气岚光的卧龙山南麓。校园面积约九万七千平方米，古木参天，环境优美，自然景观与人文景观交相辉映。百年来，秉承历史文化和客家文化，历经土地革命的洗礼、厦门大学内迁的文化润泽，逐渐形成了"清纯厚重的文化底蕴、爱国至上的光荣传统、自强不息的奋斗精神、民主鲜活的教风学风"，培养了一大批优秀人才。

探秘龙藏寨

2012年底,在下乡童坊镇途中,曾有人提起过"龙藏寨"。在自己的想象中,可能就是在山上建有那么一座寨子,要么居高临下风景秀丽,要么攀附悬崖稀奇古怪,总之惹人喜欢让人留念便是了。终因时间仓促,无法成行,所以也就一笑而过,没太多理会。

今年的国庆长假,又有友人相邀探访龙藏寨。放假嘛,即休闲,走走路,爬爬山,看看风景,何乐不为?于是几家人相约前往。

为何叫"龙藏寨"?同行的童坊人摇头,答不出所以然来。又问"山上是不是有寨子"?回答干脆,没有。许当地人已经适应了一种称之为"习惯"的东西,就像商铺店家每天傍晚把门板一块一块的上上,第二天早晨又一块一块的解下一样,一直就这么延续着,除好奇之外,恐怕没有多少人会去问个来龙去脉。于是乎,只好睁大眼睛,沿途探寻"龙藏寨"的答案。

天空,久违的蓝,清透。阳光,耀眼的亮,明媚。心情很好。可通往龙藏寨的山路,却让你心惊肉跳。坑坑洼洼的泥土路面,路小,弯急,坡陡,坐在车上旋来绕去,定会让你晕头转向,冒出一身冷汗。凭念着"无限风光在险峰"的至理名言,一行人继续前行。还好,友人经验老到,提前准备了两部大马力四轮驱动越野车。

车只能开到半坡了,再往上走只能徒步前进。下车,一袭衬衣,突感单薄而清凉。入秋的十月,真是端坐无心的姿态。微风,轻轻地掀过了季节交替,也掀起了恣肆无岸的枯黄。闪进眼眸的山峦,像是打翻了五彩瓶渲染的颜色布,点点的绿意,已被枝头上部的浅黄色覆盖,从腰身到肩头;山势,逶迤绵亘,山岩嶙峋,沟壑纵横,显得尤为古雅清幽,悠然自得。眼前的这一刻，或许每一个人都想打开诗句，把简洁清淡的山野，掺和自己的兴致，感叹、赞美这里的一切，开阔、神秘、美丽、多彩。常说，秋是最美丽的季节，我绝对相信。踩着自己的影子，看四周风景，很享受，也很惬意。

一友突然感叹，秋一来，叶就黄了。他说，风过草尖，那草色又衰了一寸。见没吭声，转过头又对着我说，满山坡的毛发，已经发黄，是否也捡拾一根收藏？若轻轻地打一个结，每一个结就是一个故事呢。说完笑笑。我不知道是他无意的感伤，还是他心底旧伤的触动。如此感念，跟着一笑，不置可否。其实，一个"衰"字，早已轻轻触痛每个人心绪角落里，埋葬着的那一点点忧伤。一殇孤寂，任清脆单薄的风声，惶惶地撕扯。人生，有喜有悲，实属常事。岁月匆匆，人活一世，草木一朽。活着，其实就是一种心情，成也好，败也好，爱也好，恨也好，富也好，贫也好，始终是过眼云烟。

约走了百来米，前方就是一座拦路的小亭子，横楣题"明月"二字。旁有一楹联：龙拥云霞虹霓贯天地，藏隐灵峰松泉写春秋。无暇顾及诗中韵味，远处的美景，让我急促登台远眺。远处，重峦叠嶂，蜿蜒起伏，又是一幅婀娜的姿态，无声，无语。唯风，在摆渡着山之舟，树枝摇曳，它们踏着波纹而来，布满了不为人知的秘密。很喜欢这样清透的天空，以及跌落的那份宁

静与清凉。站在亭子的屋檐下，拎着自己的影子，很豁达，很宽慰。亭子的背后，有两块巨石，紧紧地挨着。顺手拍张照，发上微信与友共享。友立马留言说，那一高一低两块石头像一对情侣呢，依偎着，含情脉脉。仔细一瞧，果真很像。原来，有些景物，不仅是看，而是要懂。

继续前行，是一条穿越林中的羊肠小道。东拐西弯，沿着山势，顺着石边，绕着树木，蔓延前伸。走进林内，立马荫凉起来，一股氧流扑面而来，沁人心脾。阳光，一点点穿透树顶叶子的缝隙，风儿轻轻一摇，便流泻下来。杂乱的脚步，闪动着美丽的弧线，回响着清脆的"沙沙"声。站立休息，彼此，能听清对方喘气的气息。呼吸行走在天然氧吧间，宽松，舒畅。树间晃荡着的蛛网，轻轻地把有名、无名的思绪抚摸。无须合适的章节，那种宁静或清透的结构，所有的一切都被这删减的日子覆盖。突然前面有人说，这小道没一个位置合脚，不好走呢，如果开发了铺上水泥小道那该多好。立有同行反驳，说等开发了，路好走了，也就没有现在的清静了。

清静，忽然间很喜欢这词儿，许是因为林中的清幽所致。它可以是自然环境不受外界干扰享有的那份安宁与静默，也可以是生命流程中修炼在身体内心的那一份坦然。山有清静，记忆有清静，诗词也有清静，它散落在每一个缝隙里，细微而柔软，单纯而满足。其实我最爱的是生活中的清静，柔和，简约，还暗藏了一些独特的情绪在里面，不须猜，不须深究，心甘情愿地靠近，用静默来包裹，细细品味清静里的每一处停顿，像流水般的花，确实是享受了。那淡雅，就是一泓飘香的波澜，人往往就是这样，行走在喧嚣的环境，久违了这难得的清静，便有了回归自然那一点愿望。许这就是生活感吧，多好，不是生活而是生活感。

终达"一线天"景观，两边崖壁把天空分割成两个世界，彼此相望。崖壁苔藓斑驳，崖顶绿树掩蔽，凉风穿透，甚是清爽。底部与巷平行有一石罅，可单人通过，一行人沿罅而入，不足10米，只见一小洞口仅能容身。一友说，传说这洞可直通平原古寺呢。我开玩笑说，这山洞冬暖夏凉，最适合长虫定居。吓得他们慌忙退出。这传说是真是假，暂且不论，但认真叙说的背后，一定就会有更多美丽的想象，更多美丽的心情。这里的"一线天"，虽然比不上武夷"一线天"的壮观与闻名，但对于一个探访者来说，已经心满意足了。有时，游者企望收获的并不仅仅是这里的风景有多美，而是享受了清静的那一份喜悦与满足，欣然驻足拍摄留念。有友提议，是否继续沿着羊肠小道前行，攀登峰顶。众人见时间不早，决定返回，留点遗憾权当下次出行的理由。

　　下山了。才发现路旁有一簇簇苦菜花，碎碎的，白白的，自顾开得灿烂。蹑手蹑脚地走近，唯恐惊扰了那份宁静。用鼻子嗅，淡淡的芬芳。由着性情行走，无论在哪，都会积攒下一些默默的东西，让你莫名的感动，如那安静中随风摇曳的苦菜花。一不小心，脚底打滑，碰折了一枝花干，清凉的汁儿，成了大段大段伤感的文字，缓缓流动，生出无法言述的思绪。许，不愿离开这里的清静，真的，是内心的不舍。人生态度，其实也需要如此，淡淡地来，淡淡地去，淡淡地相处，给人以宁静，给己以清幽；静静地来，静静地去，静静地守望，给人以宽松，给己以从容。

　　回到城里，在历史文化名城管委会闲聊时，竟然遇上一位在龙藏寨山下出生长大的小伙，谈起龙藏寨的故事，滔滔不绝，意犹未尽。他告诉我说，龙藏寨的来历与相隔不远的广福院有关，寺庙的门前，木柱上有两条雕龙，长期聆听和尚诵经，修炼成了精。但未脱俗性，一公一母雕龙每当夜深人静时，就腾云驾雾来到龙藏寨的石燕湖，尽情享受人间之乐，生出一小龙。但最终被老和尚发现，斩断龙尾，从此只能留守寺院。小伙子还说，山上还有仙人洞、将军岩、八仙岩等美丽景点呢，至今山下的彭坊村仍有游三龙的习俗，大埔村还有祭龙头下河的活动。呵，说得我心驰神往，真后悔当初没带上他当向导。

　　十月，在初秋单薄的一场风里，草黄了，花飞了。爬了一趟龙藏寨，有收获，也留些遗憾。仔细想想，又何必那么较真呢，一弯腰，日子便落在了路过的风里。来了，去了。

龙藏寨

藏在群山之巅的巨龙，因而得名『龙藏寨』。山之北侧，有闻名遐迩的汀州古寺——广福院。十五。景观奇特，丹霞峰丛，绵亘逶迤，峰峰相连，气势磅礴，组成一张细长的『龙床』，远望犹如隐位于长汀县童坊镇境内，海拔八千七百三十五米，面积十余平方千米，森林覆盖率超过百分之九

龙门印记

龙门，乃汀江源头一胜景。

那一天，带一颗闲散的心，循着一条绿色长廊，走近了被誉为鬼斧神工的"龙门"。

停车场不远处，是满眼苍绿的山峦，沟壑纵横，偶有小路仍在山梁不知疲倦地攀爬着，弯曲、绵长，甚是好看，让我想起邻居的老大娘，爬在脸上那一道道绽开微笑的皱纹。路边，是一片荷花塘。一池池碧水，叶绿花红，亭亭玉立，清纯、优雅。一塘莲事，妩媚而不妖冶。微风吹拂，水波荡漾，荷花摇曳，清风醉荷塘，朵朵吐心香，何等美妙？心想，若在这莲花池畔，筑一别致长廊，搭一赏花亭台，再添亭亭少女，清水美眸，花容秀貌，相映成趣，又该会让多少游人流连忘返？

沿着小道，步行50来米，便到一石拱桥。桥面左侧是一座巨大石山，立在眼前，挡住了视线。友人告诉我，这石山就叫帽盒山，是龙门的主体。他转过头，兴致勃勃地告诉我，这座石山就像一条大龙，悬崖峭壁是龙头，崖壁缝隙的藤蔓是龙须，散落在山腰间的石头便是石胆了，说得活灵活现。又说，因山中有洞，形似如门，河水穿洞而过，所以就被当地人称为"龙门"。

仔细端详好一会儿。别说，这门的形象，便十分近了。想到"门"，忽然跳出"温暖"这两个字，在感动中温暖，温暖自己的心路。是细微的记录？是回味的温暖？幸福，侵袭，淹没，一寸一寸地。门，是让人进出的。一双脚步，从门槛跨过时，紧跟着就会传来家人的嘱咐：早点回家哦，孩子念着呢……你说，明明是自己惦着，却还要画条曲线。这曲线，如门，圈里圈外的人都懂，是很美的弧线，每个人都喜欢，乐着，坦然舒服地享受着。有一

次出门的时候，遇上寒冷天气了，走在路上，寒风扫脸。友发来短信说，先用手掌心使劲搓搓，生疼，发热，然后用双手扣着脸颊，便会少些寒气。人说，一语暖三冬。原来生活还可以这样说：没有注解，却可以懂。

抬头，仰望。洞口山顶有两庙，绿树环抱，云遮雾绕，活脱，神秘。许，大凡神仙住的，都是这种清静优雅的地方。

河边小路，把我们引到了洞口下方。洞口右侧的岩石上有崖刻"龙门"二字，篆书。洞口高有十来米，下为深潭。三两竹排，闲在潭边。鱼儿，一条，两条……忽而从水面跃出。悬姿，优雅美丽。尾随的一串水花，瞬间淹没在徘徊的漩涡里。鱼儿，许是在放牧潭面的杂物，许是在快乐地追逐生活，却给人带来格外的温润。如清晨时，挂在叶片上的露珠，一不小心落在你的手里，清凉而美妙，入了心去，就是这种感觉。常说自己是一位自由的垂钓者，喜欢在清静的日子，去垂钓一潭的秋天。曾经的梦境里，鱼钩飞离水面，闪亮，划破了水的肌肤又瞬间愈合，惊醒了岸上的树叶、花朵、尘埃。水做的心，飘在了空中，让念想次第的掉落。不知，在生活中会是什么喻体？如我是渔夫，是否可以婉约于这样的秋天，让心静静地空出一方来垂钓么？入得心里的东西，还会从心里出来么？

坐上竹排，沿洞口入。洞顶，峭壁裂痕蜿蜒绵长，似龙身盘踞，妙合天成。友说，每逢大雨，河水冲击洞壁，轰隆作响，如雷贯耳。这情景没有见过，却可以充分想象。

洞内，光线越来越暗，高度也越来越低。突然钻在一个大而黑的深潭里，拎着自己的影子，游在岁月的石壁下。或隐。或现。无声。无语。此时，安静得能听清"咚咚"滴水的声响，清切，纯粹，很温软的抵达。雨滴，落到了潭中，也下在了心里。撑篙的老人，一定知道撑开的水波，哪一下是重的，哪一下是轻的。停在这里，真想给两年前的童话，配个图片，上面有一池清澈的水，还有冥想的烟，渐渐明晰的岸。停在这里，还想给一年前的一个词语，加一点修辞手段，清唱细话，等待来春的泛绿，地面打滑的时节……山重水复疑无路，柳暗花明又一村。只过了几分钟光景，眼前豁然开朗，树影淡泻，枝柯迷离，贴着灵魂的枝叶被赋予了生命，一寸寸地绿。停歇在叶片上的阳光，呼吸着温润的空气，轻轻舞蹈。河水清澈，逶迤而去。

出了洞口，沿着山后的石头小道，拾级而上。太阳，已架在了山头上，隔着好远，不时被树桠遮挡了视线。疏漏的几许光线，用手承接，一手的暖意。周围是许多苍翠的树，虬状的枝蔓，把人的思绪拉得很长。这时，发现这里的土地很湿，软软的，踩上去，怕疼了它。静静地，望见对岸不远处的田地，像块不规则的豆腐，稀疏有些稻草，参差不齐，如豆腐发酵长了一截绿毛。"长汀的豆腐好吃哩"，一瞬间的念头，口水涌动不止。两只牛，正在啃着时间的草。

山顶上，是两座庙宇，供奉着观音和妈祖。"去寺庙看看？""好。""你信不？""咱都是凡夫俗子，还没超凡脱俗呢！"……呵，就是这样三言两语，不经意地镀亮了一天的色彩，内心涌动的芬芳挥之不去。哦，原来快乐这么简单，不用刻意等待和回望，就撞得心花舒展了。

鸟儿们已经驮走了夏日缤纷的童话，给秋的是一片安静和微笑。那棵挂满串串小花朵的桂花树，沐着阳光，绿和着那香气流淌出来，映着这清静的山，多了些许的澄明和清朗。许你我游走在这世间，除一声声的焦渴，除可见为生计滚烫的脚面，早已忽略了一些期许。曾经的，未来的。

汀江龙门

位于庵杰乡的涵前村。庵杰乡,是客家母亲河——汀江的发源地,是国家级生态乡、国家级自然保护区。龙门横跨汀江两岸,像一座石门,气势磅礴、雄伟壮观。美丽的汀江水从这天然巨洞流过,滔滔南流,故有"独我汀江跨龙门"之说。

春牧丁屋岭

（一）

丁屋岭，乃一地名，古城镇境内。岭下，山凹有一村，名曰丁黄。乡人说话，约定俗成。说去丁屋岭，其实就是去丁黄村。

被长汀人尊称为"神眼"的肇之老兄，有一次在我面前说起丁屋岭，眉飞色舞，竟然罗列了一大堆奇遇发现，连续说了十几个感动，并发誓要为它撰书立传。这让我十分诧异并萌生好感。

等到了一个好机会。韩国明星张瑞希，千里迢迢来到丁屋岭做慈善。靠前陪同，顺理成章，自然而然也就成为慕名的造访者了。只是，出乎我意料的是，这一趟，只得一词"山寨好生热闹"，别无他感，甚以为憾。于是，决定再找空闲时间前往体验。

（二）

清明过后，总算成行。春寒乱风一夜影，未过心坎，满是清凉。早播天气预报：阴到多云。不难想象，路远山高，一定寂冷。时令或季节，都是上天事先分发好的。选在这样特殊的时节，走进这座古老的山寨，期许会有美丽的相遇。

有了上一次的经历，陌生的路径，便相熟了几分。于是，把车直接开到山寨的隘口。这处被乡人称之为"风水口"的隘口，颇似粮袋的袋口，被一座石砌的横坝看守。小方庙，坐在坝头中央，颇有耐心，隔着悠长的遗忘，

与倾泄而下的一路风景对视，站在一直没有爱够的地方，把曾经的辉煌慢慢咀嚼，感觉甚为精美。几棵百年老树，默不作声站在旁边，静静地陪伴，不愿惊扰这一方神圣，即使风生水起，也在挺直腰杆，有诗云："我从不说话，除非有人来攀谈……"树身，一袭翠绿，丰腴饱满，着了色似的树叶，更是彻头彻尾的那个娇嫩。沉醉之时，暗地里听到几声"嚓嚓"的声响。转过头，忽地发现身边一池的荡漾，正以宽敞的胸怀，迎拥着枯黄飘零的落叶。此情此景，让我心跳不已。是不？人人都会遇上磕磕碰碰的难处，需要援助之时，竟然就拉上了援助之手。有何感想？不用思索，两字：温暖。这份情意，这份柔软，就悄悄地，不作声张地切入那悲恸声响的缝隙，染暖了心绪的衣袖。谁说，只有走到喜欢了的份上，才能收割到最美丽的感动？其实，只要亲近就能，一定能。

（三）

回头往寨子走。古老的驿道，稀少的路人，是些空隙的静默，在被一种叫"遥望"的东西支撑。山坡上，有树，倚势而长，大小不一。小鸟闲情，蹲在枝头，细细打量着过往的陌生客人。"啾啾"，悦耳的声音，具有毫无障碍的穿透力。而我，无法承接它的任何一句。面对我的大段空白，它依然歪着脖，执着地叫着。它在讲故事么？还是在致欢迎词？听着听着，恍惚看见了音节拐弯的简洁弧线，用不着太多的思想，收拢每一个美丽的音符，都能感受到心跳随着鸟声的节奏在优雅地跳舞。这样的享受是美丽的，让人无限沉醉，它在悄悄拉长前往寨子的距离。不曾言语什么，仿佛就能听见古驿道匆忙赶路的声响，沉稳落地。许，正如辩证法所言，安静，才能成就声响。这种感受，只可心读，却无法当风景看。

寨口守在丁字形街路的交叉点上。旁有一座两层老土楼，门前挂着"赊一圩杂货店"，应是原先的乡民和过往旅客购买日用百货的地方。门开着，屋里没人，堆着农具、竹凳等杂物，光线昏暗，了无生机，满怀失落。退出房屋，回头再望门顶那牌匾，才发现"赊一圩"三字，甚是耀眼和光芒。试想，你想买货，口袋没钱，老板竟然宽限了你一圩。老板的大度，百姓的诚信，不言而喻。这曾经，这诚信，实乃当今世人的梦寐以求。它的意义，不再仅仅是值得赞许的从容，童叟无欺的信任，更是道德追求的高度。

往寨子里走，是一条古老的驿道。窄了，仅容两人擦肩。两旁，是斑驳的土木老屋，依次挨着，静默相视。这不由让我想起了另一情景：公园的静处，一板石凳，老大爷们齐排排坐着，脚挨着脚，肩靠着肩，不停地动着漏风的嘴，乐此不疲地在拾串曾经的、悠久的仍依恋不舍的故事。他们，并不在乎，那些老掉牙的故事，是否已经褪了鲜亮的颜色，他们感到豪迈，这是他们的仅有。

巷子里，遇上了挑着担子的老大妈。皱纹已爬满前额，该有七十来岁了吧。上前搭话，她微笑着，感到有点不知所措。她知道，遇上了爱刨根问底的城里人了。这老屋是什么时候建的？她瞪大眼睛，无从答起。再问，她怯怯地说，这木屋，恐怕是很早以前爷爷的爷爷留下的吧，都不知住了多少代人了。心里一定在想：这破屋烂瓦的，有什么好稀罕的？真是让人匪夷所思。

几经询话，好不容易从她嘴里搞清楚，这幢是以前的旅店，那家是原先的杂货店。细细瞧去，古老旅馆的墙脚，竟然是一片片岩石叠加而成，既不用三合土粘合，也不用其他泥土塞缝，让人好生诧异。这偶然的发现，在内心深处，却瞬间蔓延成一片绿洲。片片，叠叠，看似就地取材的造化，难道不是成千上万路人留下心怡的注解？试想，一行漂泊的外人，途经此地，累的快走不动了，抑或遇上了狂风暴雨，突然发现前方就有一个可以安憩的地方，有一个可以遮风挡雨的场所，坐下休息，老板娘把热水端上了，把热饭热菜端上了，这是多么幸福和开心的事啊！想到如此，内心顿感亲切和温暖。脑海里扑腾扑腾就跳出了"家"字，这屋，难道不就是路人的家么？"家"

字，太平常了，世人皆有。而今撞见了，却格外喜欢起来，许，是在心里添上了那层尊敬的分量。

（四）

继续前行。两旁仍是依山势而建的陈旧老屋，各自安静地呆在一隅，关注着每一个行人的脸色。细细打量，却让我顿生敬畏和惶恐之感。站在面前的，难道不都是上了百年的老者前辈？该如何行九叩大礼？好在老者大度，始终保持一副慈祥的面孔，才让那颗悬空的心悄悄安静了一些。

半坡的吊脚屋，黝黑成色，这身打扮分明就是它饱经风霜雪雨的历史注脚。它，似乎正在打着瞌睡，看着屋前那一架瓜果，显得漫不经心，长长的青藤，已是毫无章法地蔓搭在架子上。妩媚的阳光，透过缝隙落在地上，是斑驳的影儿，十分的懒散。在架子一端的空闲处，主人把菜干晾上了，长短不齐，晒着太阳，看似孤单，又感觉是在享受一种清福。

坡底那一幢木屋，东倒西歪了，但仍在做最后的坚持。它在强打着精神，悠然地放牧着家门口不远处的一口鱼塘，鸡呀，鸭呀，吵吵闹闹，毫不理会

它的心情与愤怒。越屋而过的电线上,蹲着几只小鸟,梳羽甩尾,最为矫情。旁有一老屋,倒了一角。斑驳的断墙,应有绵密的记忆,曾经在屋檐底下,来的人,去的人,都打断过它美丽酣睡的梦。昔日的光阴,定然会有很多记忆,美好的,伤感的。许已学会"藏"了吧,把每一个有疼的细节,每一个有暖的记忆,都轻轻一笑地埋藏了。如此说来,不知是否算附会的牵强?许只有心的院落,才会留住匆匆的脚步。

(五)

往山坡上走吧。站在高处,沉下心,深呼吸,此间清气,最是寂静,最是无声,也最为真切。

半坡上,目之所及,两山夹缝的山谷中,泥房木屋,鳞次栉比,错落有致,历尽沧桑的破败,感觉上真的算不上最美。然而,当袅袅炊烟在村落中慢慢升腾的时候,寨中偶尔回旋犬吠的时候,心里顿生一种最为古老最为自然的恬静。闭上眼睛,一股凉风儿,恣意往身上拱。风一吹,心阔了。呵,这一刻竟落成了心底最美的素描,重复了我良久不肯张开那薄薄的一层眼皮。许,人生之美,在于它的安然如风。

坡顶，围墙圈着一坪，放牧了一地的杂草，零星的无名小花。有好事者，在入口处的围墙上，用瓦砾划着：丁黄小学。原来，这里曾是村中孩子求学的天堂。跨入坪内，碎瓣的小花儿，这边一堆，那边一茬，没有规矩，没有张扬，纯粹得简直让人不忍触及。低嗅，淡淡清香，漫过心扉的栅栏，撩拨起心中无限感慨。佛说：一花一世界，一叶一如来。"拈花一笑"那种祥和、宁静、安闲、美妙的意境，或许只有内心纯净无染、淡然豁达、坦然自得，才能真正感受到这种"无相""涅槃"的最高境界，其中的奥妙，也只能靠心灵领会和感悟，在这里，语言和文字已显得力不从心了。有几只蝴蝶和蜜蜂在花丛中追逐飞舞，给静谧的画面，添上了几笔动感的生机。让我突然想起一故事，大意是，有一人为了得到美丽的蝴蝶，带上抄网，满山遍野追逐，终于逮到几只蝴蝶。蝴蝶在网里左冲右撞，拼命挣扎，痛苦万分。而另一个人也喜欢蝴蝶，便在庭院里栽种鲜花，蝴蝶翩翩自来。寓意深刻，你若盛开，蝴蝶自来。

沿着往寨子中心的小路下山。路上，遭遇了一棵苍老的拦路大树，却叫不上什么树名。不知为何，倚着树干，竟然用木柱钉了一个木门。木框仍在，门已不知去向。难道这会是以前学校的校门？小路的左上侧，也有一棵老树。远看，就像并排站着的"槑"字。难道，树也有很呆很傻的意味么？许，借了形——丑怪惊人能妩媚，断魂只有晓寒知？许，借了神——任他桃李争欢赏，不为繁华易素心？许，守着一方天地，平添的一份超然之态，不呆而何？荒凉意味，却蕴着沉默寡言的大美。

（六）

道上遇一古井。村民惜爱它，小道分岔绕开而走。井口磨损得厉害，无数次的绳索摩擦，竟把石头磨出几处很大的缺口。朝夕相处的村民，在井口下端套上两条铁箍，算是多了一份安慰和寄托。低头看见清澈的井水，萌生起喝茶的欲望。

累了，找个地方喝茶歇脚吧。热情的村民，把我迎进了温暖的小屋，拿出了自己辛劳制作的土茶。热水冲下去，杯中那一粒粒的茶叶渐渐伸展开来，散发出一阵淡淡的清香。青青一叶，暗香浮动。有人戏说，人生一切如叶，叶似一切。很喜欢这种似禅的意境。世间最美好的事物，都在这一静一念的感悟中。人生漫漫，世事纷繁，物欲横流，人心浮躁、人情薄凉，所有世俗的一切都在充斥着每一个人的身心，搪塞我们渐欲迷离的眼睛。"我是谁？谁是我？""从何处来，到何处去？"烹一壶清茶，用心烹煮，静静品味，慢慢感悟，如此，在一叶一情怀的空灵境界里，茶味人生中就能看清自己了。

（七）

返程途中，心里一直惦记着村口那一只让丁屋岭不长蚊子的石蟾蜍，却不料在路途遇上村民在拉电线。我想起了阿兰·德波顿，想起了表达他乐观心态的《工作颂歌》，他说：不同的电线横截面，是不同的美丽花茎图案，7股铝芯线是罂粟花，19股铝芯线是月桂花，37股铝芯线是风信子，61股铝芯线是金盏花，127股铝芯线是矢车菊。多么的妙不可言啊，触动心之初音的，往往就这么三五个短句。禁不住弯下腰，拿起切断的电线，看看是什么花……手心里沉沉的，也满满的。阳光在那一刻，更艳了。

走过，皆风景，走过，即收获。山一程，景一程，静看千年古寨，笑观人生烟云。沧海桑田的轮回，究竟恍惚了谁的天荒地老？一种感受，一种懂得，只为诠释一种际遇。

有的花儿是清新的早晨盛开，有的花儿却在午夜时分绽放，那是缘分的际遇。或早或迟，都是一种美丽。你来或者不来，丁屋岭，它都在为流年安静陪伴，都在为岁月柔美盛开，以一份素简之心，浅笑向前。

丁屋岭

幅美丽的山水图画，溢满乡愁，让人流连忘返！一幅美丽的山水图画，溢满乡愁，让人流连忘返！每当夕阳西下暮色笼罩，炊烟袅袅，安静祥和，恰似一下。每当夕阳西下暮色笼罩，炊烟袅袅，安静祥和，恰似一深的峡谷，透过茂密的原始森林，依稀可见两级瀑布飞流直两块形神兼备的蟾蜍石，庇佑山寨终年无蚊；寨口是一个深堂、乾隆年间的老古井是丁屋岭历史和文化的积淀。村口有见，粗糙厚重的石寨门、天然独特的老石板、敞开式的老祠原始村落风貌。黄泥墙、黑灰瓦、木房子、石台阶等随处可气清新、曲径通幽、风景如画，至今仍保留客家先民居住的不见水泥、忘记时光、记住乡愁的地方。境内山高林密、空客家山寨丁屋岭，位于长汀县古城镇，是一个四季无蚊、

汀州试院

  汀州试院，乃汀州八县学子应试的场所。据说，早在宋朝，就已经是声名远扬的书院了。掐指算来，该有一千多年的历史了吧。

  由于几个博物馆设在院内，人来客往，陪人前往探访也算是常有的事了。功能的改变，试院的表现，就不再那么简单而纯粹了。去看试院，心情有点复杂。印象中，这座古老的试院，充满了神秘的色彩，庄严而神圣，一直心存敬畏，唯恐闪失，亵渎文明。日前有机会聆听有顺老兄一课，颇有收获。他说，文化如水，看似温柔，当成为洪水时，就势如破竹。说得真是恰如其分了。如此，让我对这一圣地越发显得尊重！当然，博物馆内的故事，还是有些看头的，看后相信也会有所收获，所以并不排斥。

  那日，忽然心血来潮，好想去看看古老的试院，好想去听听寂静中走笔的回响，也好想乘坐一次时空之舟，以光阴为桨，渡到遥远的彼岸，去领略曾经的风华，曾经的辉煌。就这样，带着崇敬，带着侥幸，悄悄地走进了这座既熟悉而又陌生的试院。

  下了一夜雨后，格外的清净。早晨，阳光很快漫过了墙头。灰墙折射出的光芒，闪在心头，是一种温润的激动。"你在找谁？"一位年轻女子出现在面前。"有导游么？""我就是。""呵呵，真巧，能否帮我讲解讲解？""没问题。"遇见了一位热心的"摆渡"人，爽朗的回答，心中的那块忧虑，总算安稳着地。

  宽阔的院子，来不及细细打量，就被导游带进了左侧的客家历史博物馆。一版版图片，一行行注解，用不同的方式在不停诉说，演绎了千年汀州的风风雨雨，起起落落。客家人五次的南迁历史，先民的原始生产生活故

事，飘香万里的客菜美食，还有城墙的战鼓声，闹市的吆喝声，码头的嘈杂声，酒肆的耍拳声，小孩的啼哭声……无限空间，让你充分想象。而每一个故事的内容和情节，都是那么的醒目，那么的生动，那么的精彩，或对你表现，或对你挥手，或对你倾诉。不过，在那最艰难的岁月，也没有一个是客家人拒绝生活的姿态……静静地行走，默默地感受，把岁月途经的每一个驿站，慢慢打捞上来，带着平静和坦然融入当下，然后给生活画上一道浅浅的底线，把它安放在心中最容易满足的位置。哦，俨然都成为一名古老汀州的见证者了。此刻，忽然不明就里地踩疼了自己的那根神经，生活啊，多像那一丘荒地，耕耘它，又是多么的艰辛，多么的不易，心中拥有的那一点点色彩和美丽，是需要付出无比艰辛和代价的。这一切，让我深深感悟到了，是偶然的幸运，也算是人生最美丽的发现。

礼堂，宽敞寂静。当年八县学子为了考取功名，埋头苦读，在主考官严厉的眼神底下，挖空心思耕作试卷。闭上眼，可以充分发挥你的想象，"沙沙"的研墨声，笔纸的轻触声，还有学子偶尔的咳嗽声，这是多么严肃而紧张的场面啊！他们经过了长期的努力，终于有一天能够满怀信心走进这个神圣的殿堂。这种打磨，或许是一种成长，或许是一种成熟，破茧成蝶。但金蝉脱壳的故事，远远没有想象中那么轻松，幼蝉为了能够长大，需要冒着随时被捕食的危险，不断脱掉身上薄薄的壳。它们躲在树林的旮旯里，藏在树枝的隐蔽处，耗尽了所有的体力，希望尽快能够获得重生。然而，许多的蝉没能坚持到最后一刻，没能笑着看到天边升起的新一轮太阳，就已经送命，呜呼哀哉了！回想当年的高考动员会上，老校长坐在高高的讲台上，严肃的神情，几成板结的黄土，"能不能考上大学，就是穿草鞋和穿皮鞋的分水岭，要不要认真读，你们自己看着办吧。"这是他最后狠狠地丢下的一句话。话虽偏颇，却是恨铁不成钢啊！时过境迁，无论如何，还是应当首先感谢曾经大声责骂过我们的人，让我们感到了压力，也让我们变得更加强大。如果可以，让我们再次说声谢谢吧，因为只有内心受过磨炼洗礼的人，才会比醉着的人更加清醒。当有一天，可以骄傲地认为，走过的昨天，已成为人生最丰厚绝美背景的时候，我会永远记住并赞美这个深邃的背景。是它，托起人生的巍峨与高峻。

礼堂背后的右厢房，曾是关押中共早期领导人瞿秋白的地方。简陋的居室里，立着他的塑像。一眸凝望，一份期待久远的顾盼，心中肃然起敬，本

想悄悄说句问候先辈的话语，唯恐不妥，转念放弃了，对他作一个深深的鞠躬。世间，有些人来了，就像浮云飘过。有的人走了，却注定会在别人的心里留下深深的印记，哪怕是一朵花，只要无怨无悔美过，诗意过，即使匆匆，也会让人刻骨铭心，正如眼前这位英年早逝的伟人。隔壁的小房里，摆着一床一桌一椅，还有一盏夜夜相伴的豆眼油灯。临刑前，他就是在这样的环境里，伏案留下了《多余的话》，收尾之笔，竟然还提到长汀的豆腐好吃。这让我记得一句触动心灵的话：人生最美妙的风景，是内心的淡定与从容。是啊，淡定，从容，他的灵魂充满坚定和盈实。他，从这里勇敢地迈出双脚，大义凛然走向罗汉岭，而后从容就义。人生是美好的，又是短暂的，不同的人有着不同的追求，只是，在这样一条没有回程的单行线上，每个人都在用自己的思想走路。许多人在感叹生命流走了的时候，是否真诚叩问过自己，你给过它美丽的珍惜吗？在为一个小小的烦恼纠结的时候，是不是应该将那些繁芜宽容放下？微弱的光线，拉长了我的影子。思绪，仍站在伟人对面的位置上，久久不肯离去。

  大堂前的院子里，两棵古柏并排而立，枝繁叶茂，据介绍已有1200多年的树龄了。导游说，这双柏有许多故事呢。我说，那你就随便说说吧。她把深情的目光投给了那两棵柏树，娓娓道来：在清代时，大学者纪晓岚，来到汀州当主考官，晚上月下窗前仰视双柏，忽见两位红衣人向他作揖，甚为诧异。次日，他毕恭毕敬来到双柏前顶礼膜拜，并欣然提笔写下了"参天黛色常如此，点首朱衣或是君"的对联。这故事从何而来？这诗又表达何意？我无从考究，但纪老的诗句，总有个说法吧。导游抿嘴而笑，你想听哪一个版本？那就都说说看。呵呵，第一种说法，诗中的"点首朱衣"，是出自宋赵令時的《侯鲭录》，讲的是见到好文章便频频点头的朱衣人，就是帮助主考官欧阳修评鉴士子文章的神人。纪晓岚借用这样的典故，无非就是想说，这古老的双柏，应是帮助他发现人才的神人。另一种说法呢，是表达纪晓岚对于忠贞之士的仰慕。当时，在双柏旁边建有一座"双忠庙"，据传，明崇祯进士熊伟，自京城沦陷，入闽投奔隆武帝。清兵入闽，他随帝逃往汀州，后帝被执，帝后嫔妃在汀殉难，熊伟与从臣赖垓二人身穿红色朝服，在试院的双柏前自缢身亡。纪晓岚把对联贴在双柏旁的"双忠庙"前，就是寄托对忠魂的崇敬。"是不是让人念着的地方，一定有它的可敬之处？"我突然冒出了一句心里想说的话。她嚅嗫了半天，说："应是这样吧。"我笑了，一切的心绪，在这简短的会话中打了个句号。风透过心的缝隙，唤醒的影子，是那么的清晰而简单。世上最清澈的一湾水，许不是流淌在崇山峻岭，也不是奔涌在沟崖的罅隙，而是从心中悠悠而来的明泉。

将军馆，"红色小上海"展馆，有不少关于毛泽东等五十多位党和国家领导人在长汀生活过、战斗过的故事，他们用鲜血和智慧谱写了惊天动地的历史篇章，留下许多彪炳史册的印记，培育了杨成武等十三位开国将军。朱德总司令曾感慨地说：长汀，果然是中国革命的一个重要转折点。远离的日子，虽然就此结茧，醒目的视线，也会沧海桑田，但相信，保存了多年的眷恋、辉煌或灿烂，不会随着时光的流逝而消失。因为，它是一座丰碑。心底的那份敬意，会覆盖岁月的痕迹，保持青绿，永远。离馆的时候，那首《十送红军》的曲子，是骨子里的喜欢，承袭了一大片炎夏的盛情。

五月，在试院的步履中，一定收获了什么，不可复制。有人说，身前的故事，叫"过往"，要有人用心去读，去懂；身后的故事，叫"甜梦"，更需要有人去经营，去呵护。站在根深叶茂的柏树下，栖居在旧事里的思绪，仍在梳理着被时光撂荒的枝蔓，等一点绿儿，一点红儿，哪怕是丁点儿，也是春天的醒……

走访的故事已经结束，但心中的故事或许仅是一个开端。日复一日，年复一年。在渐行渐远的日子里，折叠所有艰难的时光，温婉无语的眷恋，只为那份悠远、深情与安恬。

汀州试院

　　始建于宋代，占地面积一万一千三百七十平方米，庭院式结构，由门楼、空坪、大堂、后厅、厢房和数幢平房相接组成，建筑古朴，环境清雅，规模宏大，气势恢宏。该址宋代为汀州禁军署地，元代为汀州卫署址，明、清两代辟为试院，是汀属八县八邑科举考试的场所，是古代汀州作为闽西八县文化中心的代表性建筑。院内两棵珍稀罕见的唐代双柏，参天繁茂。汀州试院也是福建省苏维埃政府旧址。

醉游曲凹哩

稀奇古怪的叫法，总会让人有一种夸张和莫名的想象力，好比一道很特别、很鲜活的菜名，会让你口水直流，食欲大长。

"去曲凹哩如何？""曲凹哩，是什么东东？""不告诉你，跟着走就是。"神秘的眼神里，留下了一大截空白与悬念。

其实，这曲凹哩，乃新桥镇汀江一码头。有心之人，新鲜出炉了一场好戏"逍遥漂"。开漂之舟，便从这里开拔。

五月。日子早已扬着长鞭，把浓荫墨绿赶到了汀江岸边。那天早晨，赶到曲凹哩的时候，大地刚刚苏醒。星辰匆匆收回夜色，岚岚回眸。太阳，从山边冒出脑袋，像夜归的醉汉，带着红晕，步履蹒跚。随手撒下的薄薄一层阳光，披在了碧绿的田野，江边的绿柳，岸上的木屋。江中，竹排，舫船，早渡无人舟自直。竹篙，睡眼惺忪地，横躺在竹排上浅黄色的竹椅边，若无其事地把脚伸进了悠悠的江水里，一闪一亮地裁剪着流线的波纹。依稀中，算是见识了神秘曲凹哩闺中的芳容。

"漂亮吧！"背后不知谁咕噜了那么一句。恰似光下的水质细语，一下子就解开了先前的暗扣。呵呵，说话的味道，有时就是这么有意思，如一把小小的钥匙，插进小小的锁眼，就能轻松开启厚重的大门。从中简单的"明白"，许缘于与对方有入微式的切合，这或许又是人生感悟的另一种修行。不经意间，你往往会打开隐着的觉醒。

不动不惊，怕扰了一方清静。站在岸边，闲看周边风景，那是一种悠然的享受。忽一眼瞥见，树梢缠上几缕白白的烟儿，弯曲着，舒展着，轻轻地，飘飘荡荡。应是从周边黔黑的瓦片缝隙中，偷偷溜出来的吧。那么的熟

悉，小时候，它是常住在心里的。接纳，甚是喜欢。

"怎么一转身，人就没了影子呢？"身边有人在抱怨着，结果没人应声。我心底回答说：莫找了，她一定是不小心，醉在了别处。

码头的平地上，卧着一块巨石，上刻"曲凹哩码头"五个大字，上了红漆，尤为显眼。笔走龙蛇，苍劲有力，只是不知何人所书。同行，站在不远处招手，示意我靠近石牌，看着镜头。逆光，能行吗？他冲着我笑，说行。许，他的专业就这个。拍完了照片，他饶有兴致告诉了我，逆光拍摄，虽然容易造成被摄主体曝光不充分，但常常会有一种意外的艺术效果。这让我大出意外。庸常的生活里，真的很少用逆光的思维，去审视周边的事物。

码头岸边。一排仿古木屋，造型别致，做工精美，依江而建。向着木屋走去，感觉自己被一种什么东西牵引着。随性说着：这漂亮的屋，谁用都舒心啊！猜测的心，被抬起，停在了高处，在那似懂非懂的经纬线上。"是艄公，还有留给来到这里寻找美丽浪漫心情的人。"是哦，刮风了，下雨了，艄公需要有一个可以安顿的地方。来到这里寻找浪漫的人，当然也需要把美丽的心情，暂时存放到一个稳妥的去处。一句话，入了心。一下子，就触动了心底那根最为柔软的弦。这些年，习惯了自己的清静，感觉离热络的词汇很远了，早已麻木了浪漫的思维。对我来说，些许熨帖的温存，在这不经意间的撩拨，才把搁置了很久很久的那点情感，还到了原处。

围着这座别出心裁的木屋绕了一圈。三棵大树，长在了屋内，心甘情愿地留守在了这里。应是这片土地的长者了。根深叶茂，恣意生长，守着顶上这片蓝天白云，守着这一弯美丽的江水。我走了过去，紧紧地拥抱着这棵大树。若树与土地，是彼此的相恋。那么，树与我，也是彼此的复合。想起一句话：你在，或不在，我都在这里。一些人，走着走着，就散了。一些事，记着记着就淡了。我知道，只有你，默默地坚守，才有永远的风景。

屋旁桥头，有一块质地细腻的巨大壁石，活灵活现，应是重金请来当招牌的，可惜过客们硬是视而不见，从旁边从容地走了过去。有一句话，叫"风景在别处"。许，最能诠释看客们此刻的心态。

跨江而过的木架桥，是用大号铁线把七八根方形木头绑在一起，安放在"门"字型木架上的。这种最简单、最古老的蜈蚣桥，脑海里是记忆犹新的。从小到大，脚底下走过多少座这样的木桥？已无法统计，但可以肯定地说，它驮着我走过了一程又一程，一直送我走了很远很远。只是，眼前这一排像张开双脚的木桩，细了，站在水中，江水一直在拉扯它的裤脚，让人感到明显有些吃力。

站在桥上，一阵微风，甚是清凉。江面，一些树叶，漂流而下，像张着翅膀却无面孔的字，认真看起来又像许多问号，似乎要向周边的人问话。别紧张，不一会儿，你就会发现它们在不停交流着、变幻着，似乎早有了谜底，

早有了答案，只是在用不同的对话方式而已。此时，我站在桥上，从桥下的水中看到了自己。让我突然想起，早以前见过的一个问题：左眼能见到右眼么？我的左眼已经看到了右眼，似乎在这里找到了无解的答案。有人笑问：那，谁是你的左眼？谁又是你的右眼呢？顿感语塞，无以回答。那如何相见？那人狡黠地说：告诉你吧，当左眼和右眼同时聚焦在同一个物品上，就会看见对方了。呵呵，触及心底的，这才是真正的答案。

隔江彼岸，有亭台楼阁。沿着木桥可以到达的目的地。有人说，江边上的楼亭，是江河躺在大地上的一个枕头。这么说，我是坐在枕头边，笑看面前的一弯美丽少女。女人不都是水做成的么。心想，要是在这楼台安放一张小桌，三两个人，几道小菜，两瓶小酒，轻轻细细的咀嚼，哪儿单薄，哪儿稠厚，哪儿凝聚，哪儿散乱。杯盏交碰，有些味道，引来怀念，有些念想，用来暖心。那该是多么惬意的事啊！

楼台边，看对岸码头，才发现风景别有洞天。用不规则的河石砌成的堤岸，勾勒出的线条，丰富而多姿，这就叫曲线美吧。木屋底下的吊脚，漫不经心的东倒西歪，显得更加韵味十足。有人说，像是煽情的小伙子，故意伸出左脚使坏，想绊住心仪姑娘的小脚，再来一个英雄救美呢。呵呵，想象得逼真、确切。让我想起一诗"横看成岭侧成峰"，从不同的角度，可以看出不同的风景来。看人，大抵也是如此吧，摆了一天的摊子晚上回家数着毛票的人们，他们仍笑着脸，有着自足的幸福，而家财万贯的人家，"幸福"却不一定会乐意光临。

接下来，安排"逍遥漂"了。四人一竹排，一边两位。当两个人踩上竹排时，竹排倾斜了大半，江水迅速漫了进来。艄公立马喊叫了起来：另两个快上来，到另一边。竹排恢复了平静。呵，人生路，有时真的不仅仅单靠你自己一个人走，还需要他人的帮衬，才能走得更远更稳，一如坐舟。脱掉鞋袜把脚踩了竹排上，闭上双眼，竹缝中钻出的江水，轻轻地按摩着脚板的神经末梢，甚为舒服。上善若水，温润清新。如果真想找到那份美妙感受的话，请把你的双脚移开，放进水里。江水漫过你的脚踝，亲肤近揉的感受，定会让你大叫：真是舒服啊！有一丝风，吹不起发梢儿，却送来了竹篙落下的那一点点水珠。风，自己是没有痕迹的，但水落到哪儿，哪儿就会有风。心境，也是这样吧。沿江两岸，绿树成荫，垂柳依依。行在江中，恰是景中游、画中走了。坦白地说，看尽了繁华喧嚣，只想用心中的一席洁净，盛放期许的美丽，安守坦然的执念。许，这样才是心灵最好的归宿。

当目光再次落在艄公手中的竹篙上时，还记得自己心中说过那句话么？许，此刻的我，可以用"珍惜"一词，做礼物的。珍惜，当下的，拥有的，自足的那一点点幸福。无出发点，无目的地。有期待，只等来一场好雨，树儿能够静静地生长……

或许，人总是一低头，一颔首，才惊觉一些动态和静态的细节，已更换了新的面孔。风来雨往，曲凹哩见证了所有的声色阑珊。

又快赶走一季了。借用海子的话：从明天起，让我们做一个幸福的人吧。喂马，劈柴，周游世界……

曲凹哩码头

明清汀江码头旧址，地处新桥镇。从叶屋村至湖口村的汀江河段，全长八公里，穿越七个行政村。近年来，依托这段汀江风光、自然景色、人文优势和民俗特色，按照『一江—两岸—多点』的布局，打造水陆健身项目、客家商贸小镇、竹筏漂流之旅、新桥民俗文化村、客家吊脚楼等休闲观光项目。

葱郁美中磺

对于地名,我有一种特殊的敏感,喜欢刨根问底。怎么会有这种叫法?有什么典故和来由?诸如此类的问题,常让旁边的人措手不及。思维的方式,或许跟中国文化传统的习惯与传承有关。因为字,是最浅显的表象。

那日,有一朋友说中磺的风景如画,有机会可以去走走看看。我就反问,带上石字旁的磺,是不是跟矿产有关?他笑着说,没听说过那里产矿,只知道那里是一个生态自然保护区,是一个天然的森林氧吧。呵呵,惯性的思维,也有失算的时候。好比平道走路,也会碰痛脚趾头。

从汀城出发,沿途的山绿,暗合了升腾的光芒。有些景致,忽的被那红彤彤的表情给拐走了。不知为什么,平常心里最烦乱的部分,开始慢慢柔软。绕开城市的喧嚣,流放了最自然、最愉悦的心情,任它安静的落,一落再落。

抵达保护区时,已近上午十点钟。偌大的院子里,只有两排管理房在守望着。有一只大花猫,正眯着眼儿,趴在屋檐下的角落里。周边有几棵大树,闲站着,很是清悠。听到汽车的喇叭声,房间里走出了几个人,是保护区的管理员,同事事先打了招呼的。迎上来,满脸笑意:路不好走哩,辛苦了,先到客厅喝杯茶吧,歇会儿再走。很是热情,让人一阵暖意。不过,明显看得出他还有些拘谨,不知该怎样招待我们这些所谓的"城里人"。

喝杯茶,沿着一条水泥便道开始出发。那条通往深处的路,两旁是茂密的树林,就像阳光犁开的一道豁口,苍翠的绿色汹涌而入。树的影子,表现得十分沉着,不屑一顾。空气,清新,湿润,有种甘甜的味道,让人没有一丝毗邻夏天的感觉。嗯,听,枯叶正从天而降,手表的针尖在奔跑。这里的

一切，寂静了你我。或许，某一个角度，孤寂就是一条线索吧。它会不知所以地把你牵引。而你呢，常会不知不觉地任一种轻灵的东西，在心上缓缓蔓延。所以说，风景叫醒一个人，先是眼睛，再是表情，随之就是心情了。

突然，眼前飞过一只长尾巴不知名的鸟，灰色的，很美。但只是刹那间，"扑腾腾"很快就消失了，不管你抱着怎样的小心。优美的姿势，让人欢呼雀跃。有点像人生，会遇，也会轻轻飘过。起风了。舞动的树叶，成群结队地，踏着波纹而来，布满了秘密。风是摆渡的舟。朋友青儿曾在博客里说："每个人，就像是随风而逝的沙人。可我知道，那流逝的沙啊，是因为风的吹送，才有了行走的姿态。"呵，就是这样闯入怀里的话，把满心的涟漪聚起，又细细舒展。忽地，真想放大树林的空隙，任欣悦的思绪在风的空隙中穿梭。或许，树木绿意的生长，是因了对季节的钟情和执着。鸟的惬意，是因了对树林的眷恋与热爱。许多人，都曾在这里走过，光与影，物与情，一度柔软过谁的目光？似有声音在说：由内心发出的每一个眼神，都能驻留在一景一物上，可以回看，可以倾听，可以想念，那就是很知足的事。

有一条小溪，蜿蜒在路边的右侧，单纯的干净，透明的清澈。涓涓流水，随性地跳跃，不停地欢唱。一棵古老的树，倒在了它的怀里，只剩一节乌黑的躯干。清泉，漫过它的躯体，不停地抚摸着那永远也无法结疤的伤口。我呆呆地望着，在视线里晃来荡去，足足有一分钟。而在那一刻，似乎听不到任何言语落地的声响。因为任何言语，碰到了水面，就是湿润，触到了树体，就是伤痛。一友曾说过：每个人心里，都堆着深一寸的青苔，如留心了，就一定可以听见旧物件发出的声音。若真是这样，把随性的感悟记录下来，或许，真能把生活中"凹的小地方"撑起来呢。不知，每个世人是否都愿意一试这样伤感的抵触？

挂了牌和没挂牌的树，在不停地闯入眼帘。山乌桕，长满了绿叶和青色的果子。管理员说，山乌桕只有在夏天的叶子是绿的，春季和秋冬季，叶子却是红色的，很是漂亮，很是诱人。果子到了秋冬，会变成黑色，还可以榨油食用呢。我只能想象。南酸枣，也是长果子的树，树干通直，树皮褐色，条片状剥落，椭圆形小叶子，显得英俊秀气。没看到果子，或许树干太高，矮了视线。管理员说，南酸枣成熟的果实，形状似红枣，味酸中带甜，有味道。听他的一番解说，口水直流呢！木通，这物名怪有意思，草状的植物，中间是空心的，一节连着一节，小时候玩过，把它扎成一小捆，洗碗柜锅盖，是最上手的材料，没想到管理员却说，木通是治疗妇科病的好药材呢。真是有眼不识泰山了。青冈，这个其貌不扬的树种，坚硬的材质，是做枪托的好材料。赤叶杨，这树很早就认识了。小时候农村没有肥料耕作，就把赤叶杨的叶子堆起来，洒上石灰发酵，就是肥效很高的肥料了，而且是绝对的绿色环保。仔细瞧瞧，它的树干竟然长上了一只只眼睛，你看它，它还看着你呢，而且是柔柔的眼波……品种多多，真是让人目不暇接，赞叹不已。能有这一片原始森林多好啊！它完全就是一部古老的历史，就是一个地球的记忆库。兴致之间，突然，跳出"利器"一词，脑子懵了一下。这词，突兀而锋利，太生硬了。曾经，人类把"利器"种在了绵延无际的青山，大片绿洲几成了荒山。那些不合时宜的举动，差点毁掉我们生存的家园。今天，能在此地与原始生态相遇，正应感到荣幸之至才是！

路边，有片小金橘园子，枝条横七竖八，参差不齐，有的枝干上只有少许的叶子，明显的营养不良。有的橘树开始枯了，但在干枯的树头却又披上了一层新绿。是什么让它的生命如此顽强？是风？是雨？还是不灭的追求？在残酷的环境里，它仍以不屈的姿势，守望天空，看红尘悲喜，看世间沧桑，不曾改变颜色。管理员说，橘园荒芜了，它已经没了主人。暗自思忖，这中间，是否也有宿命的意味？好比街头的浪人，潦倒、落魄，了无生机。落在心里的，是一层层剥落的伤感。走近橘树，靠近那一丛叶子，似乎听见了仍在顽强拔节生长的响动。同事开玩笑说，你是离树最近的人了。呵呵，我想，也是。单是这一天，我与树站在了一起，一定分不出彼此。安于此，深情于此，像落在深井里的叶片，有微澜而无声扩散。甚至给自己做个假设，我若成了橘园的主人，一定会好好善待它，陪在它左右。里尔克的诗集里有一句话："彼此互相接触，用什么？用翅膀。"那我就用美丽的翅膀，一直周旋在这片心爱的园子里。

一棵不知名的藤状植物，红色的胡须，长长短短，挂在了路边。夏天未过，不经意已把红色的热情刻在了浪漫的季节里。旁边有一丛"兄弟树"。八个兄弟紧紧地抱在一起，相互厮守，日月同辉。安安静静地，生长于天地之间。从从容容地，阅历春夏秋冬。一季又一季，一年又一年，风吹雨淋，彼此勉励，永诉缠绵。阳光，在枝叶间漏下，斑驳，瘦影如竹。友感叹说，若树木的骨头可以伸向天空，那彼此的生存空间就大多了。这一句话，是直抵内心的，如佛的拈花一笑，觉得格外的温情妥帖。有人说过，所有的美丽，不在于争，而在于宽容。如此感念，正合兄弟树相互宽容的写照。可否清简成一枚句号，对这种坦然、从容的处世态度作一个总结？我想，它绝对可以。

路边的泥土，一沟一壑，像是被人挖过似的。管理员说，那是野猪拱的，吃地里的蚯蚓。呵呵，这深山野林，才是动物的真正乐园。为什么会跑到路边来拱呀？很简单，路边落叶多，腐质的地里除了长树，也长蚯蚓。原来如此，炫舞的树叶中，也让我们读到了人生启迪，"落叶不是无情物，化作春泥更护花"。落叶，展示的不是生命的忧伤，而是"生如夏花之灿烂，死如秋叶之静美"的风采。不小心，一脚踩到了地上的山姜。一缩脚，心也跟着一缩。我说：她，一定是疼到了。友笑着对我说：她，不会说话儿。许，是心里的感受吧。

"你们猜猜，拐弯处那棵笔直的树，是什么树？"同行中的一位提出了问题。有人回答是山乌桕，不对。另一位回答，肯定是南酸枣，笔直的。又不对。那是什么？是千年不老松，等会儿大家瞧瞧就知道。说者露出了一脸诡秘的笑。到了那棵树面前，大伙才恍然大悟，原来是一根水泥电杆。呵呵，电杆的顶部已被周边的树枝遮挡，经过风吹日晒，其杆身的颜色已经跟周边树木近同了。大伙哈哈大笑。这种上当，可以说也是一种用心的快乐么？在快乐别人的同时，也快乐了自己。禅的相状，一为放下，二为调柔，三为轻安，四为喜悦。像不像大伙平常所说的开心就行，想要表述的那层意思？

步行了三四公里，终于抵达一个小水库，人工拦坝的。一棵百年古树，根扎于水中，已经枯死了，仍然屹立不倒。向着渴望的天空，张开怀抱，静静等待，默默守候。谁？还能喊醒那棵不朽的树？我最喜欢的一句话："时间最好，可以把不好计量的东西放进去。"此刻，觉得温柔的质感和晶亮的祈祷挨挤着，商量着要摇落这棵树的最后一页日历。水库的另一端水中央，却长了一棵十分茂盛的水柳。一副闲情，随性冬去春来，坐看云卷云舒。树荫下，跌落的那份清凉，静静地坐在水面上，给过往的人，以温情，喜悦，幸福。真可谓"一叶知秋意，一树识菩提"，让人进入生命智慧的彻悟境界。

管理员说，终点还很遥远，下次再走吧。路程过半的时候，遁进了一个转身的背影。

人同树一样，通过向上的生长，完成了一个所谓意义的轮回。然而，最深最平和的快乐，莫过于静观天地与人世，慢慢品味它的美丽与和谐。有人说：同样的树林，却不一定能给予所有人相同的喜悦。欣喜程度，取决于一个人感受的方式。深以为许。

中磺林场

位于古城镇，树木葱郁山清水秀，是天然的氧吧。区域内拥有黑椎林、悦色含笑、闽西青冈等众多珍稀树种，被称为特种树种基因库。

龙门"勇士漂"

龙门,是一个盛产故事的地方。

七月。总想背着行囊,到野外捡拾点什么。那日中午,枝头上的树叶,早被烈日打蔫了头,风在"哗哗"地翻着,日子在上面急躁地走来走去。路上撞见了老友,略显疲惫。她说,龙门的"勇士漂"真的好酷哦。我猜测,许是在这大热天的,见到一点凉水开荤便叫好不停。当然,她对民俗文化旅游的理解,很独到,是一个很有见地和想法的人。

很酷?怎么会这么说呀?我无法理解。她窃窃在笑,说男人不就喜欢说你酷嘛,龙门的"勇士漂"刺激,给力,所以当然就酷啦。呵呵,老实说,这个"酷"从她的口出,究竟是什么词性,形容词?还是感叹词?当时我一下子还真没反应过来。是不是可以这样说,你长得很酷,也玩得很酷?就这样,接连几天,一直被这个无形的字纠缠着。夸张地说,玩了这么多年的文字,从来还没有为一个字而不安惶恐过。或许,是因为没有懂得,所以没有答案。

终于完成了龙门的"勇士漂"。这一次,并不是事先精心策划的,倒像是画师不经意间落下的一笔。那日,一位乡贤远道归来,有人提议去玩龙门的"勇士漂",我举双手赞同。毕竟这是新开发的项目,还没正式营业呢,有新鲜感。

车,把我们直接拉到了码头。汀江,伸出温柔的双手,接纳了我们。两人一船,穿上救生衣,戴上安全帽,拿上划桨,听完一通指挥员的安全须知后,即可出发。这里得说明一下了,所谓的船,严格意义上说应是橡皮筏。当双脚踩进橡皮筏时,重力的不平衡,激烈的晃动,搅得水极不安宁。波纹,

一圈一圈扩散出去，直到岸边，也不敢回头。终于坐好了，靠稳了。环顾四周，然后伸出双手与水进行了一次最亲密的接触，好凉快啊！在这炎热的盛夏，那种冰凉的感觉，直透心骨，真的很美。而平常，为何找不到这样的感觉？许，忙碌的日子，真把这个感觉给疏忽了，给遗忘了。其实，美，是无处不在的，只是需要用心去过滤，用心去领会。就好比一杯茶，有千般味道，却能因心境变得幽香而醇美。再说，以往眼里的风景，简单用一个美字来描述，会让人无从想象，无从寻找，是少几分意蕴的，而最真实的感受，就是置身其中，心情与心境的糅合，才是一种最美的柔软与渗透。美，绝不是单纯的情境，而是在情境中有一颗懂得与享受的完美。

筏，在原地打转。为何走不出去呢？呵，原来橡皮筏与水面的摩擦力小，稍微用力，便会改变了方向。如果不是两边均匀用力，只会让你晕头转向，止步不前了。让我想起了一句禅语，"一个人，是诗；两个人，才是画"，用在这里算是确切的了。来这里寻梦的人，在拥挤的路上相遇，在狭小的筏上相逢，也许陌生，也许熟悉，但坐到了同一条筏上，为了能够前行，只有默契、协调、同力，才能一直向前。交会的眼神，尝试的动作，从不懂，到懂得，从迟钝，到适应，每一句回应的，都是开心的笑脸，每一步划出的，都是成功的喜悦，甚至能够感受到心中涌起的阵阵暖意。高山流水，是知音；行云流水，为妙境。你会发现，人与人的交流，其实就那么的简单，只要用心二字可。这样一段美丽的人生际遇，或许直到哪一天，你会突然想起，

相信也会是一次深情的回眸。

坝头，就在眼前。低头，屏气。橡皮筏，沿着那狭窄的通道，飞流直下，卷起的水花，扑面而来，把人埋进了浪底，冲撞的声音，震耳欲聋。控制不住情绪的同行人，大声尖叫起来。回望这惊心动魄的场面，真令人拍手叫绝。嗯，这就是万物造化的水。把它捧在手里，却从你的指缝间偷偷溜走。或雨，或冰，或雪，或雾，千变万化。不同境地，或静或动，风采各异。静时，恰似一面平镜；动时，可以排山倒海。古人说，智者乐水。你瞧，平常眼里再平凡不过的水，过沙土，则渗透；碰岩石，则溅花；遇阻碍，则绕道。一点一滴，便成涓涓细流，成滔滔江河，终成茫茫湖海。柔中有刚，刚柔一体，貌似柔，实则强，滴水穿石，可以把棱角的石头，磨成圆滑的鹅卵石。乐水之智慧，如水之善变。这让我想起一故事。武士手里拿一条鱼来到一休师傅的房间，他说道："我们打个赌，禅师说我手中的鱼是活的还是死的？"一休知道如果他说是死的，武士肯定会松开手，而如果他说是活的，那么武士一定会暗中把鱼捏死。于是一休说"是死的"。武士马上松开手，笑道："哈哈，禅师你输了，这鱼是活的。"一休淡淡一笑，说："我知道。"一休没有输，他实实在在赢了一条鱼。这就是水的智慧。望着涌进筏内的水，用手轻轻捧起，从指缝中落回了原处。是啊，坐看云起时，行到水穷处，又何以能承接这柔软之水所赐予的智慧？

橡皮筏，在河中央被石头暗礁拦住了，任你如何摇晃，也安然不动。河水，趁机涌了进来，很快就漫进仓内，快沉了。一位年轻的小伙子，迅速从旁边赶了过来，帮忙把橡皮筏从石头暗礁上拖了出来，然后把橡皮筏翻了过来，倒光所有的水，重新放进了河中。水，在他身上直流，夹杂着他的汗水，也带上了暖人的温度。"谢谢你！""不用谢，没什么。"说完，他坐上他自己的筏离开了。这时，我发现天空是那么的美，纯蓝纯蓝的，带几朵云儿，也格外的漂亮，还真不知道是他映衬这美丽的天空，还是天空陪衬他呢。想起了前一天，与文友在店头街散步时，我提起的一个问题：怎样才算朋友？他笑着说，"朋友可以分为三种：一辈子、一杯子、一被子。得意时，朋友认识了你；落难时，你认识了朋友。有些朋友，曾经无话不说，现在无话可说。有些人，看清了，也就看轻了。"他的回答，就上面的境遇不算是完整的答案，但却让我看到了人性的一面。许，人生经历了，才深深地懂得，总会有些起起落落，总会有些事情需要安静思考，总会有一些事需要去坦然面对。当学会了，也就成熟了。

"这一河段太平坦了，划桨费力，没有意思。"周边有位年轻小伙子在抱怨。呵呵，难道你不会把双桨放下，静静地躺着，让它自由飘荡吗？你看看，一座石桥，横跨两岸，坐看活水游来，多有闲情逸致啊！河边岸上，树木葱郁，知了、鸟儿，蹲在枝头，练嗓清唱，哦，兴许还夹杂着一行蚂蚁在树叶间、枝干上奔走的声响呢。不知名的野花，鲜艳，醒目，点缀在绿草丛中，随风飘香，让人心醉。蝴蝶，翩翩起舞，多了动感的元素，许这就叫相容相衬。水面，有一些树叶，在高兴地不停打转；一些小鱼，突然冒出半个头调皮地眨眼，而后又神气地翻了一个跟斗。一切的一切，都那么自然，天成，本色，安详，没有伪装，不用矫饰，这是多么和谐而亮丽的景色啊！想想我们，每天都在忙忙碌碌，忙着上班，忙着赶路，忙着应酬，忘记了停下匆匆的脚步，哪怕是留下一刻的时间，去欣赏周边的风景。错过了，真的错过了，人生中许许多多的美丽。有人说，安静，是一种自在的内敛之美。如果这么说，学会用安静的心境，去感受周边的美丽，那才是一种清幽美妙的境界。其实，我们跟智者相比，难以企及的，不仅仅是天赋，而是内心深处缺少清澈细流的宁静之泉。曾看过一故事，白岩松在采访的时候，看到一老人在路边的花坛边驻足，探身倾耳。白岩松好奇，问老人家为何？那老人说："我在听花开的声音。"说得多好啊！能否也请你留住宁静一刻，让自己驻足，闲看一片叶子悠悠地飘落，静听一棵小草懒懒地打呵欠。能否请你也善待自己，

在胸间种上一丛繁花，在心底植上一丛绿竹，遥想，花香盈怀、翠影飘摇。能否也请你放飞自己，因为心中有风景的人，永远是最快乐最美丽的；心中有花香的人，心扉，才会一直行走在春天的路上。

穿过龙门洞，行至终点码头。几位同行，开始走上岸边寻找换衣间。由于换衣间还没建好，只好躲进正在装修的屋子里，拉着一根长长的水管，赤裸着身子，随意冲洗。感觉如何？好。简短的问答。许不着衣饰的话语，也变得直截了当，简洁坦白。玩了大半天的水，有何感受？每人谈一心得如何？好。我开始说，水流有道，只能顺其道——那叫顺其自然。某君接着说，君子之交淡如水——交友就该那样。另外，水至清则无鱼——人生处世真的要学聪明点，但不能太狡猾。在理。正在穿衣服的某君却说，流水不腐——身体需要运动，健康才是本钱，为第一重要，还有饮水要懂得思源——做人千万不能忘本。高见。刚跨出门槛的某君边走边说，当然还有最最重要的一点，女人是水做的——要懂得好好爱惜。经典，一言一语多着呢，一次漂流，竟然让大伙悟出了不少道理。

美丽的汀江，把一个故事一个故事，串成一道美丽的风景。因一个"酷"字，读懂了，读懂了水中的哲理，水中的道意。即使湿透了身子，也会觉得一阵阵的暖意。那种久违的期待，会被处理得恰到好处。留下若干闲字，书简之上，都是快乐的回忆和美丽的想象。下次再见！

龙门漂流

被游客称为『勇士漂』，又被誉为『天下客家第一漂』。它起于汀江源头庵杰乡政府附近，终于客家盛景龙门，从起点顺流而下，历经十五个溪潭、六段河滩、四段田园风光带、四个摩崖雕刻群、三段古树丛树群、一个溶洞，蜿蜒崎岖的河流恰似一条腾飞的巨龙，游戏于丛林山峦间，全长约五公里，漂流完全程需两小时。

亲近卧龙山

那天下午，收到了同事的短信。他说，傍晚给自己放个假，爬爬北山吧。北山，其实就是长汀城中的卧龙山，因坐落城北，故又名北山。看了短信后，浅浅一笑。回条短信，好，五点见。

准点出发。绕过县政府大门，沿着横岗岭路不到五分钟的行程，便到了北山脚下。别致的山门，拦在路间，上题"卧龙"二字草书，曲拱，形态婉约，墙顶镶嵌金黄色琉璃瓦，恰似龙鳞显彩。不远处，有一石牌，楷书小字，介绍"卧龙"由来："四面平田，一山突起，不与群峰相属，如龙盘屈而卧，中分九支，故名卧龙，又名九龙，无境。"呵，古人讲究风水，一座城池要兴旺发达，必须得有前照后靠。汀州古城的"后靠"，便是这座卧龙山了。卧龙山有一条山脉向北蜿蜒而下，行至西门接近地平面的地方，又拐弯回头抬起，沿着罗汉岭飞跃直上卧龙山顶，被风水先生称为"蛟龙伏地而起"，有腾龙出世之举。而卧龙山正对面的宝珠峰，就是城池的前照了。山中有一条狭长的山坳，被人们称之为"生命之门"，有人丁兴旺之美。汀州古城的衙门，坐向是癸山丁向，跟这所谓的"风水"有关。风水先生的话，可信度姑且不说，但一千二百多年的汀州府，至今仍然繁衍生息，欣欣向荣，算是一块风水宝地了。常说，人的口是最肥的，说好话的人多了，自然就成了好事。汀州的城民都相信古城是个风水宝地。因而，他们在这里安居乐业，自然神清气爽，幸福绵长了。

走了一小段路，拐个弯，便来到一座凉亭——龙翔亭。周边有不少树木，漏下的阳光，载着静谧和安详。亭内，坐着几位老者，正在谈今说古。同事说，亭内没什么人，安静，我们不妨也去坐坐。同事把随身携带的玻璃保温杯，放在了回廊上。打开盖子，瞬间弥漫着高山茶的袅袅雾岚。递给我一盖

杯茶水。轻啜一口,芳香缓缓流抵唇边,内心荡起一圈一圈且清且亮的涟漪。透明的杯子里,茶叶在上下伸展。我偷偷地把它紧握在了手里,执意以这样的方式,靠近茶,也靠近一度在汀工作期间同事给予的莫大关爱,以此温暖或充盈,多好。浅浅的一杯茶色,成就了大段会心的文字,在心里缓缓流动。

　　沿着山体蜿蜒而上的,是条一米多宽的鹅卵石小道。风景,在这个夏季里不再清瘦,茂密的树林,添增了不少姿色。路边有一些小花,正在盛开。就那么几簇,竟嫣然了整个夏季。两位妇女手挎竹篮从后面赶了上来,篮内有香烛,还有苹果等供品。她们把许多愿望和祈求,早已压缩在了匆忙脚步的酣梦之中。问我自己:这样的执意,是不是可以把通往幸福的距离拉近了许多?心里回答,许吧,一个心愿而已。生活,本来就容易凝成许多不确定的姿态和折痕,很难诠释它的方向,谁都逃脱不了所谓的繁杂和懊恼。如脚下,有平坦,也有坎坷。而现实,就是梦想,希望,追求。小路太窄了,给她们让路。年轻阿姨报以一笑。这嫣然一笑,却给人以淡淡的柔和与温暖。"这笑仿佛是在哪儿看过似的",记得冰心说过这样一句话。这是一道风景,这是一种期待。但愿世间的美好,都能心想事成,如两位阿姨心中所愿!

　　半山腰,又见一亭——健乐亭。木牌上,第二行还加注"戏剧园地"。哦,原来这里是那些喜欢戏剧的人活动的场所。亭的柱子,外表涂成了红色,有一种喜庆的韵味。雕梁画栋,颇为富丽堂皇。亭外是一个很大的平台,确是一个不错的活动场地。或许不赶趟,此时没人在唱戏,只有一个老者坐在廊边,闭着眼,自得其乐,收听着收音机里传出的咿咿呀呀的唱曲。同事说,我不喜欢这种咿咿呀呀的嘈杂声。我也不喜欢,一是听不懂,二是感到烦人。其实,这个世界,总有你不喜欢的人,也有你不喜欢的事,这很正常。在平常的日子里,无论你有多么不喜欢,也无论对方有多么喜欢,每个人都有他自己的活法,彼此都苛求不得。因为,喜欢不喜欢是一回事,活得开不开心又是另外一回事。

不远处，是一岔路口。有往上直走的路，也有往左右两边走的道。岔口旁竖一石牌，是乡贤所题：东舒啸，西听松，南屏北极，虎踞龙盘，任君游览。春桃红，夏柳绿，秋桂冬梅，莺翔燕舞，伴我放歌。也就是说，东南西北，春夏秋冬，这里处处都是风景。该往哪走？徘徊了一会儿。突然想起了前些日子看到的一句话：把弯路走直的人，是聪明的，因为找到了捷径；把直路走弯的人，是豁达的，因为可多看几道风景。呵呵，所走的路，原来并不在脚下，而是在心里。你想看什么风景，你就会走上什么路。我提议，那就往右边走吧。同事说，我也没来过，万一碰上断头路，怎么办？我笑着说，没关系，路的尽头，肯定有路，只要愿意走。有时，看似没路，只不过是拐个弯罢了。那就走吧，同事算是同意。沿着那条横向的小径，果然顺当地登上了北山的东侧峰。真的，有时候，换个视角看路径，路径更多。有时候，换个思路想问题，就会比原来想得更开。

风香亭。就在古老的城墙边。听说有一处"东翘舒啸"烽火台，不知是否就在附近？若是，应有不少故事，此次无缘，只好下次再访。站在亭边，远望山城，楼房鳞次栉比，街道纵横，汀江穿城而过，人来车往，甚是热闹。记得清代长汀县令徐曰都站在北山感叹美丽风景时，即兴作诗一首：无境山高楼更高，虎头回望白云遥；金沙万户春风早，绿树清江晓放桡。人的感慨，都是来自心灵的触动吧。

沿着古城墙，继续向上，不足二百米，便到了卧龙山顶。峰顶建有金沙寺，北极楼。寺院门前有一联：佛自西来传正觉，人登北极应菩提。不知是何禅意？从字面理解，跟"佛"缘有关。佛家所言，最讲因果，最讲因缘。据寺内的和尚介绍，金沙寺始建于宋代，明、清多有维修拓建。先见的一座便是北极楼了。北极楼上祀吕洞宾，楼下奉玄武元帝，留有一联：呼吸宸垣，收万里烟云聚入龙峰增胜概；吞吐河汉，挹九霄雨露汇来鄞水作恩波。足见宏伟之气势。侧连是大雄宝殿，登楼远望，晴岚掩翠，胜景错落，山水绵延，蓬勃景象，令人心旷神怡。明代进士、都察院左都御史马驯留下《龙山白云》美丽诗篇：郡城有山何蜿蜒，恍若神物蟠其间。白云叆叇笼穷巅，依依约约相盘旋。云兮何日从龙去，大沛甘霖雨如注。直须一解枯槁容，山下苍生正延伫。这一方梵境胜界，让人不仅能感受到念经问佛的恬淡清雅，也能感觉到世间万物的勃勃生机。

寺庙门口，遇到了一位老和尚。这突然让我想起了一个问题，便上前打问：老师傅，听说寺庙都是朝钟暮鼓，为何我们在山下每天晚上听到的都是钟声而不是鼓声啊？老和尚笑着回答：施主说的对，只是你耳朵听错了。我没听错呀，我仍然感到不解。和尚说：每天早上都是先钟后鼓，每天晚上都是先鼓后钟，这是规矩，但鼓的声音传播不远，钟的声音却能传得很远，所以你们误认为一天到晚都是敲钟了。呵呵，原来如此，生活小节里也是富有禅机啊！日前，刚好看过一故事，说有位老板向禅师问禅，禅师以茶相待，将茶水注入那位老板的杯子，直到杯满，仍没停止。老板看到茶水溢出，惊慌地说：已经满出来了，不要再倒了！禅师说：你就像这只杯子，里面装满了你自己的想法和看法，如果你不把自己的杯子空掉，叫我如何对你说禅呢。老板点头说是，接着又问禅师：如何才能带好我的团队？禅师拿来一个木桶，往里面注水。桶还没装满，水就流出来了。禅师说，一个团队，每个队员就像桶边的每片木板，同样高度，才能装满最多的水，如果有一块木板是短的，那么水便从最低处流掉了。睿智的故事，哲理的禅意，最合此时的心境。

沿着古城墙往西边下山了。依势城墙，古朴浑厚，垛堞隐威，与周边的苍天古木相映相怡。半山腰，有一座西倚听松瞭望台。许多文人墨客途经此地，留下了美丽赞词。清文人刘自坚诗云：涛声万树沸朝晞，览胜跻攀瑞蔼霏。境外溪山环郭抱，望中烟树人云微。葳蕤众壑葱青合，睥睨千峰崚嶒围。鄞水直今标胜概，全汀光霁拥清辉。甚至还有人专门对"西倚听松"作出详细的解读，言说"西倚听松"，是缘于"东翘舒啸"而起。"东翘舒啸"体现的是狂放的动态，而"西倚听松"则是凝神的沉思。"舒啸"表达的重点是郁积情感的发放，"听松"阐述的则是幽远而深沉的思考。轻轻的脚步声，不知不觉地停止在了倚仗的楼台边。你看，周边那些苍翠的松针，载着满满的自信，吸纳阳光的暖意，风过树摇，一阵清凉，看似不经意，却刹那间清亮了眼眸，那种舒心的安然，沉静、蜿蜒，不可言说。早已融入了文人骚客"西倚听松"的感慨，将自己悄悄打理成一处淡淡的风景。在哪？轻盈如此，陶醉在了风景路上，预约着小小的浪漫。

临别前，同事问，感觉如何？我回答，不错，一路风景。其实，人生的风景，说到底，就是心灵的风景。心若看开，风轻云淡。心从哪里走过，美丽就会在哪里绽放。一辈子，无论走多远，都没什么预定的韵致可言。只要一种平淡的活法，就可以滋养出从容和美丽。让心静成为一条路，在寂寞中坚守，在踩踏中延伸，听风听雨听鸟鸣，赏花赏月赏自己。真正的平静，不是避开车马喧嚣，而是在心中修篱种菊。

卧龙山

位于长汀县的城北,又名北山、九龙山、无境山。《古今图书集成·州府山川考》载:"环城四面皆平田,就中突起一山,不与群山相属,如龙盘屈卧,故名。"自宋以来即为汀州名胜,汀州八景之首,山上有北极楼、金沙寺、千松亭、风香亭、新乐亭等名胜,山顶建于宋代的金沙寺较完整地体现了我国名山寺观的建筑艺术。登上金沙寺俯览长汀,城内风景尽收眼底。置身其中山间松涛阵阵,让人心旷神怡。

追风朝斗岩

朝斗岩，乃一山名，位于长汀县城的南边，与卧龙山遥遥相对，山上寺庙成群。阳面朝北，终年烟霞缭绕，又名"朝斗烟霞"，是古汀州八景之一。

十多年前，就认识朝斗岩了。只是经过漫长岁月的打磨，早已让时间模糊了粗浅的记忆。一日，收到友的短信：是否有闭（闲）？咱俩一起爬朝斗岩？我一看，乐了，竟然把"闲"写成了"闭"。这么一"闭"，是否一下子就有了念佛修行的意味？于是，决定成行。

快到朝斗岩的时候，天空竟然下起了零星小雨。钻进路边小屋，屏息，抬头，闲看。细雨斜织，灵性的，成群结队，一闪即过。很喜欢它，像个小精灵，就这么悄悄地叩醒了一洼宁静的心畔。不是已经过了立秋了么？那该算是一场秋雨了吧。是哦，不远处的夏天，早已落在了视野的尽头，如那草尖上的一颗雨珠，轻风一摇，就滚落了。小路的曲径，枯黄的草色，不由分说也就成了秋天攀爬的弧线了。唯见路边沟里的流水，没有消停过，蛰伏在草根里的是一丛丛远远近近的思绪。

一座雄伟的山门，屹立在眼前。友说，你看看上面的字。顺着他的指尖，惊见了斗拱门楼上"朝斗烟霞"四个大字，遒劲，洒脱。只是没看到落款，不知是何人所提。门楼两侧有一对联：石径有尘风自扫，山门无锁月常开。甚为有趣！此山建庙有何说法？友笑着说，大凡建庙皆有由头，相传是宋代的隐士雅川在此山辟洞修庵炼丹，终日与烟霞为伍，后人为了让这座庙显得更有灵性，索性称这个地方为"朝斗烟霞"了。说得摇头晃脑。是否真实当然无从考证，但一个隐士的"隐"字，却不由不让人心怀敬意。想一想，古人追求长生不老，归隐深山，挑碎春夏秋冬，熔入那一围围入眼的干净碎

石，修炼仙丹，星移斗转，持之以恒。这种唯心作为虽然荒唐可笑，这种人生态度也甚为愚昧无知，不是值得膜拜的做法，但那种孜孜以求的精神，难道不是仍然值得我们尊重吗？

拾级而上，步入山门。眼前就是"兜率天宫"了。兜率宫本是太上老君的府名，而里面供奉的竟然是一尊弥勒佛。奇了？怪了？为何？友也说不出所以然来。难道神仙也有借居之说？呵呵，就算是吧。弥勒佛，端坐佛堂，手捻佛珠，开怀大笑，眉宇间传递给我们的是一种很细软的幸福。静立佛前，我默默地跟他说了许多的话。不谈官场，也无关财富，只祈求能够保佑苍生平安幸福。当时那种微妙的感觉，突然就有了平常所说的"遇"，彼此间似乎早有的那一种默契，如"遇见了贤人"，言语中不带任何奢靡的念想，只有简单的纯粹。友问：你刚才都说了些啥呀？难道也给佛念一首颂诗词？我说：才不敢呢，只有简单的幸福祈祷，是那种适宜拿来的陈述。当然，会让友产生了奇异的想法，或许是表现的姿势不够优美，有些蹩脚吧。但不管咋样，给苍生祈福，我算拜托了，请笑佛您一定要牢牢记住！就在转身的刹那间，弥勒佛那一脸的笑意，仍然深深地感染了我，让我想起诗人的一段话："每个人都要开心去活着，尽管焦灼无助，也要微笑坦然，因为狂风暴雨是自然的风景；尽管生活再艰难，也要昂首凝望，因为活着就是一种磨砺。唯有坚强，才会活得更加精彩。"如此说来，坦然地面对，微笑地生活，总有一块属于自己的快乐天地。

沿着石阶继续向上。小道两旁，绿树成荫。几棵挨着的老树，低调沉思，静看世态炎凉。在这条小道上，人来人往，络绎不绝。多少人来过了，又有多少人走了，彼此反复。唯有这棵坚守的老树，与风来，又与雨去，日月辰星，跟随时光，拥抱所谓的幸福，穿透所谓的痛苦。友在旁边开玩笑说，人是会走的树，而树是会走的人。说得很是在理。在这个世界上，树与人一起经历风雨，一起感悟冷暖，一起体验生命。

伴随脚步的节奏，是路下坑沟的泉水叮咚，不见其影，却闻其声，清音美耳。友拍拍我的肩膀说，空气不错吧。承蒙提醒，做了一个深深的呼吸，瞬间便有一种清肺提神的享受。有时候，一种享受，也会在你不注意间悄然离去，真的。

路边有一亭，名曰盥水亭。亭旁建有一池，承接山上源源不断的清泉。顾名思义，这是礼佛前净手的地方。礼佛前必须先净手，是表达对佛的一种尊敬。而我却认为，净手更需净心，如果心都脏了，净手也就失去了任何意义。

绕过山亭，往左走，不远处，就到了朝斗岩寺。门楣上题刻"朝斗"二字。进入大雄宝殿，宝殿正中安奉三尊佛像，金身流光，仪态庄严。是何方神仙？没有认真考察，倒是佛前一尊"四向菩萨"，让我产生了极大的兴趣。菩萨，反坐着。边上有一副对联：问菩萨为何反坐，笑世

人不肯回头。呵，佛的境界，就是"明心见性"，这或许是最能触动世人灵魂的禅语吧。每个人，都在追求完美的幸福人生，有物质的享受，也有精神的追求，这本来无可厚非，但不少人欲壑难填，为了实现所谓的"追求"，抛弃道德，践踏法律，冒天下之大不韪，好比害人害己的涉麻涉毒犯罪，就为人所不齿了。要知道，人心不足蛇吞象最终只能是搬起石头砸自己的脚。只有知足、惜福的人，才会有幸福感。

大雄宝殿的背面，有一宽敞的扁平弧形岩洞。洞内一尊金色的弥勒佛，开怀袒腹。洞壁曲凹有度，缝隙早已被香客插满了香条，显得零乱。洞中央的凸显处，清泉悬挂，点点聚滴，轻轻优雅地跌落在玻璃框的面板上。据说，这里原先供奉的是一尊石佛，随势在石头上凿出的，泉水是直接滴落在石佛身上的。不知现在被镀上金身的这尊佛像是不是原来的那尊石佛？清脆的"嘀答"声，是那么的和谐，美妙而圆润。有一词叫"滋润"，就是这样慢慢地，日长夜久地，把那一种愉悦，一层层覆盖，积淀着幸福与安详。友说，是先有岩洞的石佛，后才有前面的大雄宝殿。言外之意，外面热闹了，却寂寞了后面的角落。其实，静卧远思的佛，该是最耐得住寂寞的。何况，酒香又何惧巷子深呢？

退出后，沿着小道继续往左走，不足百米，便是悬崖了。崖壁上，建有一亭，名曰"驭风亭"。为何把亭建在崖壁上？友说，朝斗岩是虎形，这个悬崖就像张开的老虎口，传说对面的村庄罗坊一带，以前一直养不好牲畜，就是因为这只"老虎"祸害的。于是，精通风水的先生，便在崖上建亭，制服了这只虎口大开的老虎。娓娓道来的传说，让人听起来十分兴奋和有趣。不过，在悬崖上建一座亭，依山傍林，犹如画龙点睛，确实是一个很好的创意。有了不错的风景，好事之人，便把救苦救难的观世音菩萨也请来了。这亭，从此又被称为"观音阁"。亭柱有一对联：风声雨声钟鼓声声声入妙，月色山色烟霞色色色皆空。亭联相衬，合缘天成，又给胜景赋予了更为丰富的内涵。友说，这里供奉的是"送子观音"，平常那些祈求子嗣的信男信女们，则会大老远赶来顶礼膜拜。呵呵，完全算是一种精神寄托吧。

凭栏远望，汀城风景近在眼底。汀水南流，琼楼参差，人头涌动，一派热闹景象。风起处，有些凉了，无意识中把衣服裹紧了些。我说，回去吧。友说，山上和周边还有不少寺庙呢。我笑笑说，留点遗憾吧，下次再来。远望的姿势，眼中的风景，早已点染了心中那一抹笑意。

朝斗风景如何？借用明代汀州知府徐中行的诗句来赞美它吧：朝斗岩幽景物华，楼台寺宇锁烟霞。泉声滴滴咽岩石，野色苍苍笼水沙。绛影朝随红日上，彩虹晚挂夕阳斜。与眸北阙风云起，灯火星辰照万家。

八月走尽的时候，眼前的风景，心中的风景，其实所有的一切，都遁进一个"转身"的禅语了。

附注：2015年1月28日，与同事多人再走朝斗岩，路上他说，伏虎亭与观音阁不在同一处，有误。我没再考究，拙文也就没再修改。是日，还沿着山路，爬上了水云寺，抄录了两首门联，外门的楹联：水秀山清开禅门，云蒸霞蔚护佛寺。内门的门楣：浴云待月。对联：人在北斗以南可小天下，月出东山之上且坐云根。爬上山顶，从后山而下，走过滴水岩洞另一胜景。

朝斗岩

位于汀南城郊，因山有一巨石面朝北斗而得名。岩上古木参天，环境幽静，奇石异洞，飞阁临空，称「朝斗烟霞」，是「汀州八景」之一。从山麓沿石阶而上，经过半山的「兆手泉」，不远即可见「朝斗烟霞」的门额。朝斗岩上有驭风亭、水云庵、吕仙楼等独特亭楼，还有石塔、石如来佛、石桌、石凳等景物，皆为天然形成。岩石又有观音阁突兀于陡崖之上，前后奇崖断绝如悬空中，登上阁楼，汀州古城与汀江景色尽收眼底，而阁中又有楹联一副，其云：「风声水声钟鼓声，声声入妙；月色山色烟雾色，色色皆空。」

幽静云骧阁

云骧阁，与"龙"有关。

中国人有"龙"的情结。我也一样，所到之处，一旦听到与"龙"字有瓜葛的地名，便会油然而生许许多多莫名的想象。

之前，陪朋友夜访"龙潭"多次了，一次次把目光刻在了古老的樟树，嶙峋的乌石，斑驳的城墙。流连的脚步，不忍心踩碎那一方天地的悠闲与清静。其实，看在眼里的，只是一种表象而已，真正让我认识这块神秘的地方并对它产生浓厚兴趣，却是一次完全的偶然，是一次与一位对汀州历史颇有研究的文友在"龙潭"相见的偶然。就在"龙潭"的那片樟树林下，坐在游廊的石椅上，仔细聆听了文友滔滔不绝的关于乌石山和云骧阁许许多多的故事。他说，要是你从远处看呢，云骧阁背后的卧龙山，简直就像一条卧在旷野平地上的巨龙，而从山顶顺势而下的那一支蜿蜒的山脉，就像龙的躯体前半部分，它一直延伸到了汀江岸边。在这前方，有一湾幽幽的深水，人们称它为"龙潭"，顾名思义，就是腾龙入江的地方。接着他指向樟树林上侧的楼阁说，上方就是云骧阁，原先是一座突出的小山包，奇石林立，当地人形象地称它为龙首山（又称乌石山），从字面上不难理解，那便是龙的头部了，在这样紫气聚结的龙穴，是人们心目中最向往的好"风水地理"了。于是，在唐代大历年间，有识之士便在小山包龙首的穴位上，建起了一座方形楼阁"云骧阁"。见他说的头头是道，除了对"龙潭"周边的风景感同身受之外，对深藏闺中的云骧阁，探访的愿望也就越发强烈了。

云骧阁，早已被列为国家级文物保护单位，四周围墙高立，随便是进不去了。文友说，云骧阁平常都是铁将军把门的，要进云骧阁，得找个白天的时间，由管理人员带路才能进去。既然现在进不了楼阁，那就先到江对面一睹云骧阁的芳容吧。受他的鼓动，绕过跳石桥，跑到了汀江的对岸，从正面

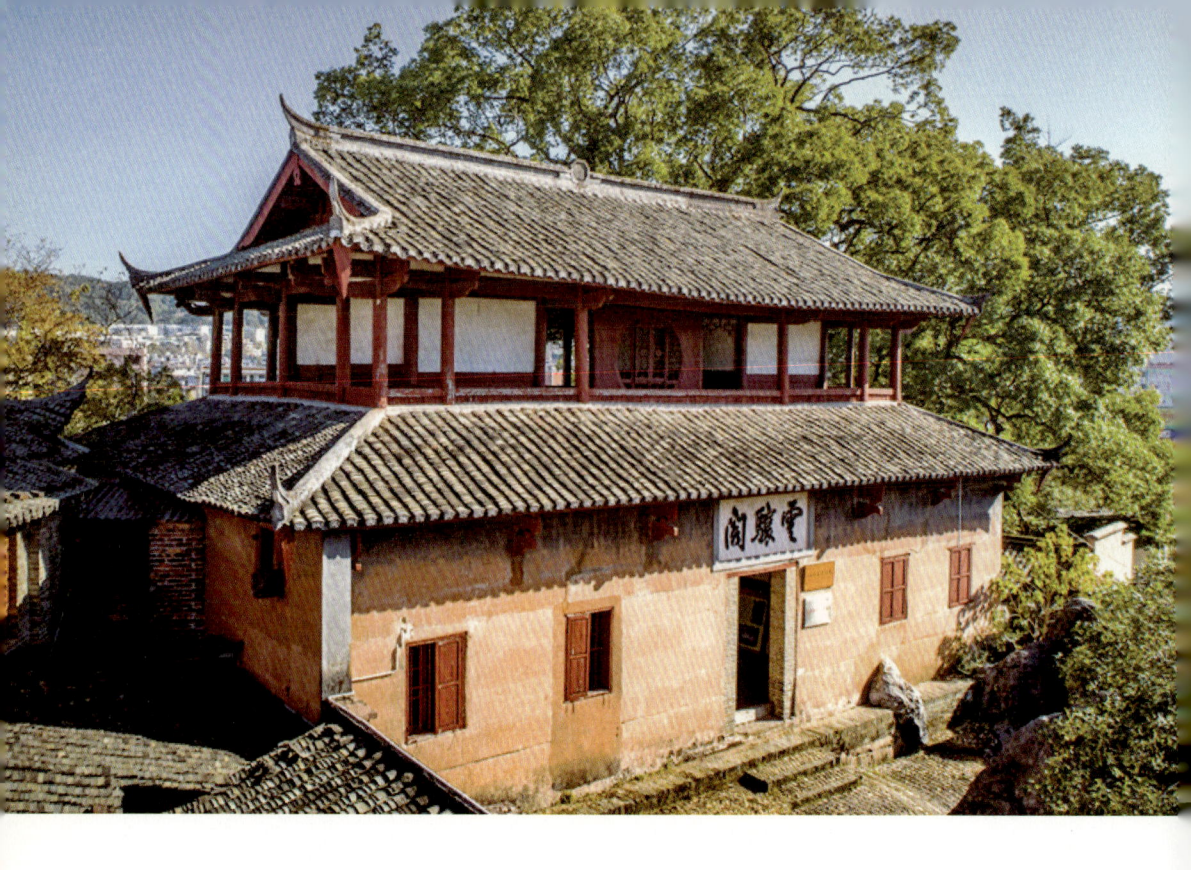

慕视云骧阁的风采。对面看，云骧阁，依山临江，在茂密的樟树林中，若隐若现只露出楼阁中间的一部分，就像一位含羞的少女，正在梳妆打扮。楼阁的下方，则建有宋慈亭、上官周纪念亭几座亭子。游廊曲折错落，树荫底下，落下斑驳的光线，深浅相间，更显层次，如果用照相的术语说，就叫富有层次感、立体感。江边，怪石嶙峋，散落叠置，不同的形状和模样，会让你的想象力充分发挥。江水波澜，轻轻拍打岸弯岩石，悠悠向南流去不肯回头。整体布局，和谐而自然，清新而洒脱，相互映衬，俨然就像一幅徐徐展开美妙生动的风景画。

　　文友边走边告诉我说，楼阁的名字，曾经几经变动，皆因当地官员认识迥异而不断更改。我问他，都改过哪些名字？他说，有一个好像叫"双清"，接着笑笑说一时想不起来了。说者无心，听者有意，而这，就是历史，就是故事呢，它引起了我强烈的兴趣。回房后，立即查阅了厚厚的县志，方知在宋代时楼阁最初的名称叫"清阴"，意为环境清幽，林茂阴冷。后又改名"集景"，意为集茂林、碧水、幽洞、奇石于一处。再后来，宋代汀州提刑刘乔认为"集景"不能尽其特色，飞阁临云，犹如骏马腾空，凌空追月，便取名为"云骧"。宋孝宗隆兴年间，汀州太守吴南老则把"云骧"改为"双清"（意为清风明月，山水清秀）。宋宁宗庆元年间，太守陈晔感觉"双清"没有比"云骧"更为确切地表达其含义，终又叫回"云骧阁"，并以三石刻上，不容更改。接着，文友告诉我，云骧阁还是中央苏区第一个县级红色政权长汀县革命委员会所在地呢。云骧阁，又多了一道红色的印记。

如此的风景，当然不能错过。前往云骧阁，从济川门沿着古城墙边走，要走200多米，是一段只有两米多宽的乌石小巷。光滑的鹅卵石，眨着明媚的亮光，曲折蔓延，缓阶提升。清脆的脚步声，在巷子深处回响。云骧阁，就在巷子的高处。在一侧高墙西侧拱门前，文体局的管理人员已经在这里等候，见我们来了，连忙热情招呼引领我们进入了云骧阁的庭院。

云骧阁，四周红色围墙，把外界的喧嚣拦在了墙外。庭院里，两块巨大的天然乌石，犹如两尊雄狮，盘踞阁楼庭前，神情严肃，威震一方。背后，便是云骧阁了。共有两层，土木建筑，十分精美。在阁楼一层的横额上，还刻有"云骧阁"三个遒劲大字。庭院幽静，听得见微风拂墙的声响，激动的心情，顿时便安静了许多。在这里，只要你能把心沉下来，便能深深地感受到安静的恬美与享受。说实话，在内心里是真喜欢这种安静，喜欢"安静"这个享受的词意，更惊羡"安静"这种超脱的境界。或许，人生路上，大部分时间已经让粗野的浮躁，把美丽的安静给覆盖了。让我想起一次在寺庙里与一位住持的对话，他说安静的姿态，是美的，它注定了不是一种瞬间的偶得，而是一种成熟人生的境界。静坐的人们，睿智的老者，平和、宁静、恬淡，他们的从容是来自命运磨难后的超然与豁达。如果一颗心是躁动的，那么无论是幽居古刹，还是隐没深山，都是无法安静下来的。是啊，在当下，名利财富不停侵袭腐蚀着人类的灵魂，在如此浮躁的社会，安静已显得相当珍贵，而能守住那一份安静就更难能可贵了。

穿过楼阁一楼的厅堂，来到了临江的楼台。最人的感触就是周围的樟树林十分茂盛，遮云蔽日，清幽静寂。目光跃过那斑驳的矮墙，对岸便是熙熙攘攘的人群，穿梭来往，热闹非凡；江边是洗衣的妇女，这里一个，那里一堆，嬉笑声、捣衣声，交错不断，逗得江水笑开了脸，荡起一圈又一圈的波澜。管理员说，等下游的拦河坝蓄水了，妇女在江边洗衣的美丽风景恐将从此消失。遗憾的情绪立即涌来，后来只好自我安慰，到时该又有另外一番美丽风景呢。一阵风来，周围的樟树林沙沙作响。片片枯黄的树叶，摇摆着身姿，翩翩起舞，飘到了屋顶上，也落在了院子里。是啊，秋都来了，这是容易感伤的季节。流年，曾在时光的树上长出片片的绿叶，而岁月，又在时光的心中留下刻骨的印痕。浅浅地来，静静地去。一位诗人曾说过这么一句话：很多时候，会为某个熟悉的画面，而思绪万千，也会为一个倾心的举动，而泪流满面。相信那种感怀，就是所谓的"睹物思情"。许多名人志士，也曾留

恋过这里，也曾踌躇满志，但最终都离它而去了。眼前这番风景，最不愿说的就是沧海桑田，但流年不憩，终是镜里烟花。或许，草木一秋，皆是过程，但最后那一片落叶，至少仍叫着"留恋"。或许，冬去春来，老树逢春，相信那又是一个生机勃勃的世界。

爬上木梯，登楼远望，居高临下，发现又是另外一番风景。闹中取静，闲看景致，不需要俯首，也不需要抬头。这妩媚风景，曾让多少文人雅士诗兴大发啊！明代左都御史马驯诗曰：临江高阁真奇特，巍巍直与白云接；山光野色横目前，不数腾山擅雄杰；清风一榻快无边，皓月满户堪留连；闲来登眺足嘲咏，从教乞与不论钱。清代知府刘喜海也留下了《云骧风月》：丁水南流郡置汀，倚城高阁握浮青；蓬莱境接仙月绕，霹雳声惊俗梦醒；俯瞰东山先得月，近期北斗欲扪星；振衣直上寻乌石，驻足还过舒啸亭。"美丽的风景，吞噬了诗人们仅有的那一点矜持。"我不知道把这句话用在这里是否合适，但我知道，感慨的瞬间，一切都成了决然。我不会也不曾想去刻意粉饰什么，因为身临其境，安静地走近，安静地离开，仍让我为你沉醉，你为微笑……

秋季，最后的一抹温暖，已被寒气慢慢抽走。天空，蔚蓝明净；阳光，仍然灿烂妩媚。凝视眼前这座楼阁，潜在心底的情愫，有许多感想，不是繁华，也不是朴素，悠久的厚度，撩拨出的是一种沉着，抑或是一种积淀。虽然，有些故事，渐行渐远。但有些记忆，仍在坚持。或许，无须寻找刻意的词语，也能留存永远。

云骧阁

　　始自李唐大历，从宋代起辟为风景区。初名为"清阴"，意为树木荫翳环境清幽，后更名为"集景"，意为奇石、幽洞、碧水、茂林集于一处。到宋绍兴年间，刘乔认为此景区地势临江，高耸入云，若从龙潭仰首观瞻，只见飞阁临云，宛如骏马腾空，凌空追月，故改名"云骧"，至绍定郡守陈映亲书"云骧"两字刻于石上，有定名于石不容更改之意。后来又有人认为"云骧"美中不足，取名"云骧风月"。一九二九年三月，赣南闽西第一个县级红色政权——长汀县革命委员会设于云骧阁，现为全国重点革命文物保护单位。

沈家大院

不久前，一友到敝处闲聊，介绍说馆前镇沈坊村有一座声名远扬的庞大民居建筑——沈家大院，占地2500平方米，是一座独特的三堂两横"九厅十八井"府第式住宅，非常的有气势，建于清道光年间，至今有一百多年历史了，值得去看看。还说，除了客家圆楼外，这是客家另外一种具有代表性的传统民居建筑。这让我产生了浓厚兴趣。

从长汀县城到馆前镇沈坊村，驱车不过个把钟头的路程。进入沈坊村，很快就可以看见一座古老的建筑——沈家大院，黑的瓦，白的墙，没有多余的色彩。大院坐落村中，坐西北朝东南。站在大院门口，把目光投向远处，正对面是一座巍峻山峰的顶尖，当地人把这座大山叫云霄山。至于为何叫此山名，就不得而知了。收回视线，大山前面两侧是两条较矮的山脉。细看，整个山形，像是一张安稳大方的太师椅。宅院的坪前，有一口半月形池塘，当地人叫它"月池"或者"月塘"。它的功能，说法不一，有人说它是为了防火用的，也有人说它是为了聚财而做的风水塘。呵呵，在这里，实用主义和理想主义理论竟然都能派上大用场。

站在院坪，转过身子朝宅子后面看，层层递进，布局严谨，左右对称，流线明显，十分的壮观。再后面，便是后山了，是一片枝繁叶茂的大树林。山清水秀，空气清新，真乃一方风水宝地。院宅的最前端，被一堵牢固的裙墙合围着，高高的围墙，是用青砖砌的，顶上盖有人字形的雨披。裙墙的中间，是一座牌坊式宽檐翘角的门楼，四柱三间三楼式，大方，庄重，好看。门额上书"轩高岫远"，镶嵌在白底黑边的匾额里。门楼的房顶两边各雕着一条鳌鱼，张嘴摆尾，欢快跳水，栩栩如生。门柱是石头的，历尽百年沧桑有些风化了。手触，冰冷的感觉，扎痛了指尖那一层薄薄的肌肤。冷么？如一孤独老人，变得

沉默不语了。只有阳光憩在柱上的那一点亮光，还有些温暖的表情。进门后，便是院子了。一块宇坪，拉开了门楼与入户大门的距离。大门仍是牌坊式的，门额上题"云峰萃秀"（呵呵，现在被换上了"沈家大院"牌匾）。没想到的是，大门两侧的青砖大墙上，至今还留有红军用白漆写下的标语："红军中官兵夫吃穿薪饷一样；白军里将校尉起居不同。"见证了20世纪30年代硝烟弥漫的历史。左右两端各有一小侧门，拱形，为方便住在横屋的人出入。门旁各有一个大方格的预制窗花，应是"福禄寿"之类的字，同行的人却说它更像一个"囍"字，无法确定，不过，变形的字体看起来都挺漂亮的，惹人眼球。

宅院大部分为砖木结构，砖土砌外墙，抬梁式木构架，小青瓦木基层，悬山屋顶，屋脊平直，三合土地面。穿过正门，与正门一体而建的是主宅最前沿的厅堂，被称为前厅或下厅。前厅往后，两边由两个横厅与后一栋厅堂相连。中间部分通天，长方形状，采光通风。四个角落斜屋面的交叉处设为内斜夹角，在下雨的时候，汇聚导流雨水。中空的部分，当地人叫它"天窗"或"方天"。相对应的地面，则垂直挖设长方形地槽，用鹅卵石和三合土砌筑，让"天窗"汇落的雨水聚在其中，这也叫"天井"。然后由暗沟将水慢慢排出屋外。前些天，参观过一些古屋建筑，才知道"天井"也是大有讲究的。先人们以水为财，聚水就是聚财，而且财是不能外露的，所以这些大宅子的天井都是设了暗沟的。如果你不仔细找找，还真不知道水的出口在哪里呢！暗沟很少直排，大都是七拐八弯的，这里有讲究，还是不能为了所谓的"财"

直接流走。聪明的师傅们，为了防止时间长了，淤泥会滞留暗沟里堵塞影响排水，他们便在暗沟的拐角处挖了一个沉淀池，放进一只乌龟养着，让乌龟有事没事动动手脚，这暗沟便畅通无阻了。放乌龟，自然是乌龟长寿，不是有乌龟千年老寿星的说法嘛。

天井及边厅往后，地面抬高了一级，构筑又一厅堂，这叫"中厅"或"正厅"。听友介绍说，厅堂里的木作部分如大梁、月梁、脊檩、雀替、木窗等均有雕饰，檐廊有做卷棚轩装饰，工艺十分的精细。遗憾，可见的雕饰已经为数不多了。木梁和木柱上的雕饰不是整块被拆走，就是缺胳膊少腿残缺不全了。中厅两边原来都设有厢房，用木板隔间，现在都已经被拆光了，留下一个空落落的地方。中厅与下厅、边厅相连，便有了一个较大的活动空间。这些场所，主要供族人举办大型外事活动时使用的。走廊两旁的墙壁上至今还保留不少壁画，有著名画家黄慎题写的"行乎天理，尽其自然"金字匾联。

从中厅通过一屏障，又是一大院子。房屋结构与前面的院子大致相同。中为天窗及天井，两边为边厅。再往后，地面又高一阶，正中的厅堂便是上厅了。厅堂正中上面挂有一牌匾"宝婺星辉"，后壁摆设神龛和香炉，让后人追思。据介绍，上厅两边原来也都设有厢房的，现已不见踪影。上厅，是这幢房屋最为尊显的地方了，通常在家族各类大小内事活动时使用。厅堂中间的大红"囍"字和柱上的对联仍很醒目，料想村里人不久前还办过结婚喜事呢。族人有规矩，新人结婚必须先到祖祠的祖宗牌位前烧香叩拜。饮水思源，中华民族的优良传统，代代相传啊！

上厅后面又是一院子，属后院了。有一砖墙分隔，形似北方的影壁，前书"和气致祥"，后书"居仁由义"，文中之义，教育子孙后代该如何去做人做事。中间是天井，最后面的是一幢两层楼房，一楼有个厅堂，叫后厅。楼房四周的墙是用泥土夯砌，左右两侧各有一架木梯直通楼上，楼上的每个房间都是用木墙分割。这些房间，据说是专门留给没有出嫁的闺女住的。这也难怪，在封建社会里讲究妇道，姑娘人家是足不出户的，深藏闺中。试想，如果把闺女放在人来人往的地方居住，豆蔻年华的怀春少女难免会产生想法，那些情窦初开的少男们垂涎三尺想入非非更有可能制造出翻墙越轨等不良事端，放在后院里养着自然是最好不过的办法了。房间里的木窗户，设计十分的讲究和科学，第一次见过，分为三层，全开或半开，随心所欲，可隔音，可阻蚊，可通风透气，令人叹为观止。

以上纵深布局，为正栋主轴区。正栋进深两边，又由每栋两侧门道外连，相应建有附于正栋的小庭院（天井）、次厅、卧室、厨房、通道等，每侧分隔成三个独立性居住单元的小院子，一字排列。这是考虑到生活需要而划区分居的设计，当然也是防火的妙招。由此构成与正栋互相烘托呼应的两侧横边建筑，当地人叫它为"横屋"。因左右两侧对称摆列，也有人称之为"横摆"。横屋共有两排，内排横屋只有一层，外排横屋为两层，第二层是用杉木搭成，两旁设有木楼梯。两侧横屋也各有一口水井，早已废弃不用了，探头张望，井边杂草丛生，井内蛛网横布，丢进一小石子，听到"咚"的清脆回响，说明井里还是有水的。这让我十分的高兴。听老人说，有水的地方，龙才会活，也就是说这座宅院便有了生机和灵性。

三堂两横的屋子构成沈家大院的"九厅十八井"。驻足于此，除了惊叹于沈家大院独特的设计，心间自有更多的客家人背井离乡艰苦创业的悲壮之感。它不仅是对古代建筑技术的继承和发展，更是创造了世界上无与伦比的物化诗篇。这里仍坚守着客家人最初的那份勤劳、朴实、勇敢、热情、智慧，用她古朴的身姿，书写百年孜孜以求的执着，用她醉人的情韵，张扬芬芳万世的柔媚。

这天，空气里长满了语言。轻抚细风，在每道褶皱里，都是柔软与温情。或许，能做的，就是用眼睛和心灵拣拾一些碎片，提进流年的深处。

沈家大院

坐落于馆前镇沈坊坪铺村，始建于清嘉庆年间，历时八年完工，该院坐西北朝东南，整座围屋的规划设计、建筑技艺和环境选择均着力于创造"天地合一、阴阳协调、以人为本"的理念，集住宅、祠堂、书院、花园于一体。整体结构如同巨大的"回"字，以中间"口"为核心建筑，对称分置九幢十八厅，下厅、中厅、上厅，层层递进步步登高。以正厅为中轴线往左右均衡延伸，两边院落、房屋、门窗对称，是典型的"三进六开"客家民居建筑风格。围屋内保存有清代著名画家黄慎题写的"琴弹千古调，书吐万明香"和著名书画家伊秉绶题写的"循乎天理，顺其自然"匾联各一幅。二〇〇九年，央视《共和国摇篮》剧组曾在此拍摄，现为省级文保单位。

深闺红旗厂

不久前有人告诉我，在馆前镇的大山深处竟然有一座废弃的大型兵工厂，而且厂房大都设在山洞里。这让我感到十分的诧异和好奇。

趁着下乡的空档，决定去探访这座深藏不露的兵工厂——红旗厂。同行的朋友告诉我，兵工厂是二十世纪五六十年代建设的。为什么会建在交通不便的深山老林里？很简单，其目的就是防止遭到敌人的轰炸和破坏，在顶峰时工厂的干部职工近万人。可想而知，在当时是何等的繁荣和热闹。他接着说，直到21世纪初，国家精兵简政，这家兵工厂才开始转型，到2009年，山洞里的设备基本上就搬光了，再后来，地面上的建筑物也卖给了当地的一家民营企业。

由于事先已联系好，工厂大门早已打开，我们的车沿着厂区的水泥道路一直往山坑的深处开去。我们的行程安排是，先参观最深处的山洞厂房，然后从里到外，沿着厂区道路徒步走回厂区门口。厂区道路，依着山势，傍着小溪，沿途是茂密的树林，寂静的山野，羡煞了久居都市的朋友们。路边的绿化树，已经很粗大了。舞动的树叶，绕过阳光的纠缠，一直都甩不脱牵扯不休的影子。承接缕缕桂花的清香，便可窥见陶渊明的怡然自得呢。红旗厂，这个带有鲜明年代特色的名字，也着实让朋友们在车上感叹了一番。厂区道路年久失修，不少路面已经开始破损了，车子在上面行驶有些颠簸。疯长的野草，肆无忌惮地霸占了路边的领地，把曾经的故事压缩在了秋的酣梦之中。

绕过几道山弯，车停在了一处洞口，不再前行了。视野的前方，仍有一段水泥道路，再远处，是一个弧形的山窝，很深。山坡上，长了许多枫树，这里一棵，那里一丛，瘦成鲜红的叶子，把山坡染得五彩斑斓。这一季，深山不算单调，颇有几分姿色。偶尔，还有一两只飞鸟在天上匆匆掠过，把游

人的思绪，拉得很长很长。洞口上方有棵大树，秋风挟着枯叶，一片片，掠过涩涩的梦，闲散地落在洞口周围，深深浅浅地剥离着日子。我问了同行的朋友："走进山洞里，会有什么感觉？"他回答说："黑暗，阴森，孤寂。"我说："那一定是没人与你同行，那一定是缺少了照亮的光明。"他笑了，说是。就这么简单一个"是"字，瞬间便撞出一个澄明的心境来了。黑暗与孤寂，沉浸在心里，感觉只是一件外衣，冷了，热了，有人帮你脱了或者穿上，便解决了问题。呵呵，文字是一种揭示，也是一种谜底，有时候，就是一种提示性的说明，不仅仅希望听到的人能听懂，也希望听到的人能悟出不同的味道来。

　　朋友说，山洞里的照明设备早已拆除，进洞只能用汽车的灯光跟在后面照着前行。这是挺不错的创意。汽车射出的两根灯柱，赤裸裸的，把山洞暴露得亮堂亮堂。整个洞体，呈拱形，混凝土浇筑，有两层楼高呢，路面宽敞，汽车可以在里面自由穿行。洞中有洞，纵横交错，一不小心就可能迷失了方向。机械已被拆除，靠墙的地面上仍留下两排粗大的锈色斑斑的螺栓。庞大的洞体，简直让人无法想象，当时的设备是那么简陋，依靠人工的两只手，究竟是如何把这座石头大山的山体掏空？其实，我们都还是局外人，感叹几句而已，而个中的酸甜苦辣只有当事者把它埋在心里，"没有同床睡，岂知被子破？"那句老话能够让我们明白这个道理。朋友告诉我，就在不久前，一位将军和他的夫人故地重游,说起曾经的往事,是老泪横流感慨万千啊!这完全可以理解和想象。一个人的心,往回跑的时候,是很纠结的,有时会是开心的暖,有时会是伤心的痛。一位诗人说过,感情就像指甲,剪掉了还会再生,它不是取决于你要还是不要,也不是你想还是不想,那些刻骨的记忆,永远都无法忘怀,像种子,没来由的就会在你的脑海里出现,疯长。应该是这样,要不从这里走出去的人,为何一直还会想重回故地?

只走完一个山洞就出来了,洞外空气清新了许多。朋友告诉我,在一个山体里的山洞是互通的,但每一个山体的山洞又是各自独立的。各个山头,由当时不同的生产单位所占据,既分工又合作。可见,当时的生产体系是十分严密而井井有条的。沿着厂区道路徒步回走。忽被一只长尾巴不知名的鸟儿截住了目光。它轻盈翻飞,停在了不远处的树枝上。一会儿,又落在前方的道路上,颠了几下屁股,转过头看了看我们,然后鸣叫了几声,振翅而去。优雅的动作,让人心生羡慕。突然,一朋友惊叫:梦树。梦树?其实就是野草莓。为什么叫"梦树"?她笑着说,她曾做过野草莓的梦。一大丛,带刺的枝条,横七竖八,软软的,趴在草丛上,上面结满了红红的果实,像一只只鼓起的小眼睛。小时候吃过,挺甜的。女同胞立马上阵,随着一阵窸窸窣窣的采摘声,也扯开另一个疼痛尖叫的声音:"我的手指,被刺出血来了。"呵呵,在收获的同时,是需要付出一定代价的。"这野草莓,老蛇怕也是很喜欢吃的。"不知谁在背后咕噜了这么一句,顿时有女同胞大惊失色:"那我们还能吃吗?""没事啦,吃了不会死人的,再说这野果才是真正的环保。"还是有勇敢的。野草莓,眨着可爱的眼睛,笑着,数着流年的影子。红是人生,笑着也是人生。

路边山旁开始见到不少厂房和宿舍了。这里一座,那里一幢,在山脚下,在小河边,散落着,依山势而建。这些房屋给人感觉厚重,牢固,结实,尽管已荒废多年,但整体框架仍然保持完好。做工也十分的讲究和科学,在一座平房里,我们看到了里面的设计,每个房间都铺上了一层厚厚的透水砖,要比屋外高出一截,哪怕是遇上下雨天或者春天回潮,这房屋还是能保持干燥的。只是,搬迁后,房间内显得零乱,空荡荡的。低层的一些窗户玻璃,也被一些人当假想的目标给瞄准了。个别地方的水泥瓦片散落一地,剩下一段残壁断垣,那是人为的破坏,仅仅是为了拿走那几根粗大的栋梁所采取的最卑劣的破坏,十分可恶。钻进路边的厂房,墙壁上漆红色的标语"鼓足干劲,力争上游,多快好省地建设社会主义"仍然醒目。同行的朋友说,这样的毛主席语录,仍深深留在脑海里,随便都能背上几段,看了让人很是怀旧。甚至还联想到了,他家的抽屉里仍然有不少的不同类型的毛主席像章,以及

铁人王进喜的连环画。而这，都已成为历史了。二十世纪八九十年代的后生，当然不会明白过去的历史，更不会懂得当时人的思想境界。

路边，有一棵粗大的鸡爪梨。今年的秋天脚步很迅急，只是一夜，半树的金黄，就少了几分的斑驳。挂在枝条上泛黄的叶片，蜷曲着，与显露的鸡爪梨叙语，折射出的明亮，闪在心上，是一种尖锐的疼痛。又有几片叶子，披着阳光悄然落地，撩起几声不该有的叹息。欲说的语言，都被一片片落叶给典藏了。无可奈何的样子，让人心里为之一动。感伤？留念？许都有，许都不是。叶子，有叶子的宿命。风过，落下，虽说是它的常态，但单薄的心随着游走，却忘了不知该怎样安妥它。有人说，没有语言不能够抵达的地方，真的是不敢恭维。笔尖将一个心划开后，你可见的仅就塑捏出这一小段文字，就是这样断断续续的语言。倒是那追随枯叶应声落下的一串串鸡爪梨，转移了我们的视线，扯断了我们的思绪。"甜吗？""很甜，非常好吃。"它被人拾起，看了几眼，收藏了，带走了。枝叶，无声地趴在地上，等待着寂然枯萎腐烂消失。

小河对面，有几座造型独特的建筑。朋友说，那是以前兵工厂的医院，听说还是德国人设计的呢。不会吧，这里可是兵工厂，怎么可能叫外国专家跑到这里来搞设计？也许，一切皆有可能吧。站在它的面前，仔细端详，褪色的墙体有点斑驳苍凉，流年的伤痕宛然写在上面，轻轻一碰，沁着微微的疼痛。破旧的门窗，紧紧挨着，油漆已经剥落，显得清冷孤寂。往事如那庭院的残阶，只有阳光踽踽而上。一朵花，开在寒冷襟间，有着微晕如晖的温暖。靠近的小溪，如眼眸明亮，把眼前浓缩成一张风景，那便处处是岸了。想起《白衣天使南丁格尔》一书，女主人公的旁白那般平静。没有伤痛，只有回忆。所有情缘都被岁月沉淀。

又来到一处房子比较密集的地方。朋友告诉我，路的右边是食堂，左边便是菜市场了，以前他曾经来过，当地的村民可以自由来到这里卖菜和其他农产品，很是热闹，生意不错。某年某月某日，他叔挑着一担鲜嫩的蔬菜，换回了一件暖暖的大衣。想来那件大衣已旧，还在么？是否还完好？碎落的光阴里，卖菜的案板早已蒙上了一层厚厚的灰尘。潜藏在心的那份惬意，那都是过去的了。好多的岁月，真的很轻，轻得如烟，拿不起来，风儿一旋，便了无痕迹。

靠近厂区门口的道路两旁，大都被种上红豆杉了。据说这个树种可以提取一种叫紫杉醇的物质，帮助人类防癌治癌。有如此的功效，自然让生意人嗅到了大好商机。于是遍地开花，许多地方都种上了红豆杉。路边的红豆杉，应该有些年头了吧，有的已经长到碗口粗，树上结出了一粒粒红色的果实，甚是好看。曦风微漾，那样的柔和，那样的静美，远离了语言，有一种说不出的美。很好的风景，喜欢就这样静静地站在树旁，感受柔软的阳光，曼妙在红豆杉的影子里。挂满枝头的果实，像一个个小灯笼，鲜红，果肉柔软而甜美，朋友解释说那是为了"传宗接代"。为何？红豆杉的种子，是要经过鸟类肠胃酶的消化才能够发芽的，如果果肉不好吃，鸟怎么会乐意帮这个大忙呢。说的也是。水牛乐意让小鸟骑在背上逍遥，不也是同样的道理吗？看来，有一句话叫"帮了别人，其实也是在帮自己"，说的正是这个理啊！

不远处的大礼堂，仍在沉默无语。一切的繁华，转瞬间都静默成了背景。酝酿了好久，想从思绪里抽身的时候，我感到自己在大口的喘息。故事？思想？情感？这些都是，又都不是。积攒的，许就是一些曾经的，还有一种失落和遗憾。如友说的，这么大的地盘，这么好的地方，若能把它开发成敬老院那就好了。

空气是有温度的，在传递着一种暖。想来，再过些时候，冬去春来，春风走过，听见小鸟的欢叫声，山山水水又将都绿了。

红旗厂旧址

　　红旗机器厂原属军工企业，位于馆前镇东阳山南麓的一条长达四五公里的峡谷内。地理位置十分偏僻隐蔽，厂房、仓库、宿舍，沿峡谷河岸分散而建。藏匿重要生产设备的山洞通道交错，十分宽敞，有多个出口，沿途有多个检查岗。二〇〇八年机器厂搬迁后，这里成了广大游客的探奇之地。春天樱花盛开，秋天满山红叶，厂区内先后发现太阳鸟、环颈雉鸡、赤腹鹰、鸳鸯等珍稀鸟类，逐步发展成为新的旅游胜地。

寻觅八宝峰

八宝峰，这个叫法，或许是我的首创。

一直以来，乡人们都叫它"八宝山"，皆因山中有八宝，石桌、石凳、石人、石马、石碗、石龟、石狗、石锅是也。殊不知，京城也有一个八宝山，却是个存放死者骨灰、安顿亡者灵魂的地方。好好一个风光旖旎的地方，却硬是跟一个晦气的地名联系在一起，岂不是拿别人的冷屁股来贴自己的热脸蛋？所以，我觉得必须改一改。叫啥好呢？思来想去，是不是叫"八宝峰"更合适些？这样做，既能保留山秀的特色，又能去掉让人倒胃的地名。

八宝峰，开发于宋代，风景远近闻名，历代文人骚客留下不少赞美诗篇。如若不信，不妨例举一诗来吊吊你的胃口。"举目奇岩成胜境，置身云海入仙家。赏心已到无穷处，古寺钟声落日斜。"不错吧，未见其景，融入其诗，充分发挥你的想象，同样也会有一番如醉如痴美的享受。当然，让八宝峰扬名，绝不仅仅是因为山中有几件宝贝和美得不得了的风景，而是从山中走出了一位名人。何人？不急，这位名人既不是权倾一方的官贵，也不是富甲一方的阔豪，是一名高僧，名叫释本湛。之所以说他是名人，不仅是因为他在此山潜身修行多年并募资在峰崖上修建了峻峰寺，得到了信徒的尊重，最主要的是他培养了一大批有用的弟子，大都在闽粤赣周边的寺庙任住持、方丈。众人拾柴火焰高，八宝峰自然名噪一方，香客不断。

闲话少说，还是邀上几个人先去领略八宝峰的美丽风景吧！从庵杰乡政府出发，在崇山峻岭中缓慢前行。如今的小道，尽管道弯路陡，但都已铺上水泥路，比以往的土路要好走多了。迂回绕行二十多分钟后，抬头仰望，竹林缝隙间便可窥见右侧山峰悬崖绝壁上的寺庙。好悬哦！红色的琉璃瓦，金

黄色的粉墙,在阳光下熠熠生辉。正在缓慢退隐消散的云雾,似真似幻,浓厚的,像白色绸缎,淡薄的,似飘逸轻纱,或绕在山腰,或缠在树枝,或挂在竹梢。随风起伏,变幻莫测。真乃仙境福地也。那山、那云、那景,诱惑着,掳走了一车人的目光,惊讶声、赞叹声此起彼伏,透过车窗,用简洁的快门,舒畅的快意,抓住宝贵的镜头,给日后留下最美好的念想。

继续前行十多分钟,便到了一山脊,出现了一个三岔口,此处已有一定的高度了。一座廊桥横跨两山,雕梁画栋,颇有气势。友人说,这座廊桥,当地人都称它为"长寿廊亭"。为何取这个名字,有何说法?没有人能说出所以然来,许是个美好的愿望罢了。这座廊亭,是后人捐资兴建的。清新的空气,让人通体舒畅,神采飞扬。大家意见,步行,不再乘车了。沿左侧的山路前行数十米,见道路内侧有一座宏大的纪念碑。走近瞧瞧,方知是释本湛和尚的弟子为了纪念他而募捐修建的,碑帖刻录了释本湛和尚的生平及对佛教事业所做出的贡献。一个人能够流芳千古,必是做了值得让后人永远尊敬和怀念的事情。

继续前行数十米,便到了一个能容纳二十多部车的停车坪。再往前,便没有车道了。车坪的旁边建有一座"朝阳亭",两块墨黑色的石板材镶嵌在砖墙里,把八宝峰主要景点的示意图雕刻在石板材上,并用金黄色的油漆加以描摹,让游客能一目了然。

站在停车坪旁的休息台,往朝阳亭的背后看,峻峰寺就建在山势险要突出的岩崖上，茂密的树林，像为它撑开的一把巨大的遮阳伞。往上前行，只能沿着朝阳亭背后的一小径往上攀登了。小道，已铺上了鹅卵石，外侧也加固了不锈钢护栏。边走边往外看，悬崖峭壁怪石穿空，遒树悬生藤蔓垂挂。沙沙的脚步声，吵醒了周边的宁静。拐过几道弯，有一小坪歇脚处，崖边有几块岩石，整齐有序，错落有致。友介绍说，此乃有名的景点，你看，那就是石人、石桌、石凳，石桌上还摆好一盘棋呢。走近细看，颇有几分相似，当然与四平八稳的实物相比，确实有较大差距呢。再往上走，又见一处怪石崖壁。友指着崖顶的两块石头说，那便是石马和石碗了，还解释说，石马要从山上往下看是比较像的，石碗呢，就是碗的边沿太厚了，自己想象去吧。走过去一瞧，石马还算勉强，那大石头中的一个小洞，怎么就能称得上是石碗呢？呵呵，只能是靠感觉加想象了。

越往上小道就越陡。从石壁缝里长出的树木，盘根错节，细小的根须，在贫瘠的石壁上汲取那一点点养分。在年复一年的风霜雪雨中，屹然挺立，笑傲江湖，实在令人钦佩。接近峰顶了，跳入眼帘的，是岩崖上呈一字形排列的寺庙群。友人介绍从右边起，那些庙宇分别是藏经楼、斋阁和大雄宝殿等，经过多年的修葺，现在已经大为改观了。在这里抬头看寺庙楼宇，比山下看到的要明显高大多了，有一种泰山压顶的感觉。

小径前行后折回，便见一山门。山门雄伟大方，气势非凡。门顶嵌有一

巨幅匾额"八宝山",两侧挂对联:八宝烟霞接紫气,九洲善信沐恩光。进入,又见院内一座横向建筑拦阻,门为半拱阔深形,左右挂一对联:一方峻秀顺天毓,万载汀州接地兴。两边设抚间,中间厅堂里是坐弥勒佛和侍立韦驮像。穿过厅堂,首先见到的便是藏经楼,依山而建,飞檐翘角,挑梁斗拱,气派森严。此处非游客闲走之地,门已上锁,只能继续往前走了。紧挨藏经楼的便是斋阁,双层楼阁,上居僧人,下为斋厅。一行人从楼阁的中间通道穿堂而过,但见斋厅里大锅大灶好几口,靠墙边是叠加的一大堆桌椅。此时不见一人。友说,每年的正月,这里可热闹了,每天来上香用餐的香客有三百之多。

　　斋阁再往前四十多米,便是大雄宝殿了。宝殿为重檐歇山式单体建筑,前临凌空绝壁,后靠耸立悬崖。梁柱墙檐,古朴庄严,引人心存智静。站在宝殿的前方,纵目远望,苍山如涛,堆叠潮涌,竹海绵延,浩荡行进,还有那飘游的云雾,盘旋的山径,散落的村舍,各色景观应接不暇,令人叹为观止。友说,大雄宝殿的底下就是石龟,换一句话说就是宝殿建在石龟的头顶上了。他接着说,青持和尚的闭关洞就在悬崖下方的小山洞里,青持和尚建好峻峰寺以后,就开始依戒修行,在一个不到两平方米的小山洞里坐禅念经三年,日仅一食,不漱洗,不理发,他的苦行修炼,赢得了别人的尊重,从此许多人跟从他做了弟子。这让我们顿生敬意。有人提议要到青持和尚的闭关洞去看看。管理员告诉我们,小道是沿着石缝下去的,窄小到仅够一个人

通过，而且很陡，很悬，十分危险。没想到我们探险的态度十分坚决，管理人员也只好同意了，并在前面引导。一条崎岖小道，在悬崖峭壁的石缝中向下延伸。目光，在打牢每一个落脚点，手掌，在摸索每一个攀附处。心拽得紧绷绷的，不敢吱声，生怕他人惊恐出错。凿开的石阶，承接着颤抖的脚步，留下了一串弯曲的不规则的"一"符号。细心走路，已无心去数究竟走下了几个台阶，也无闲去品味周边的绝妙风景。好不容易下到山腰的一个小平地。管理人员说，现在要沿着右侧的小道向上攀登，才能到达闭关洞。也就是说，我们要走一条"U"形小道，才能到达大雄宝殿底下的闭关洞。说爬就爬。黝黑的岩石缝隙里，探出了几棵不知名的老树，不是很粗大，却很结实挺拔。树皮仍在一层层的剥落，一些干枯的树枝就架空在岩壁上。应该有些年纪的吧。友说，许它们都是我们爷爷的爷爷辈分了。一个小山洞，终于在我们的面前出现了。小小的岩洞，十分的狭小简陋，实际上就是利用突出的岩崖，有一个可以遮风挡雨的地方罢了。如果不是亲眼所见，是真的无法想象一个人在这狭窄的空间里长期打坐修行，需要多大的毅力和坚持？有一个词叫"放下"。佛说：放下你的外六尘、内六根、中六识，一直舍去，舍至无可舍处，是汝生命处。但要真正做到"放下"，在简单里生活，又谈何容易？或许，所谓的"禅修"，是一种感悟，是一种超脱，是一种境界。环眉宇之间，绕心魂之巅，能够做到如云水般清澈，干净，透明，无所隐瞒，无所逃避，能让纯粹的烟云聚散穿越心灵，那就"放下"了。

管理员说，从峻峰寺背后的小路向上攀登，到达峰顶后就可以从另一侧的山路下山，不用走回头路。挺好的建议。就这样，沿着小径继续出发。一只可爱的小狗，蹦蹦跳跳跑在前面带路。管理员说，这狗被主人遗弃了，留在了寺里，很通灵性，每次客人要离开时，它都会在前面带路，直把客人带到山下的岔口自己才回来。接近峰顶，友指着路边不远处的石头说：那是一只石狗。从侧面看，果然很逼真。形态优美，侧卧状，目视前方，炯炯有神。小狗也跑过去了。友说，你看，小狗，也认得它的老祖宗。呵呵，看它的亲热劲，还真的有点像爷俩那么一回事。小狗，在它的老祖宗面前转了两圈又倒回来了，快活地在前面带路。

峰顶，有一石坑。友说，这就是石锅。同行的说，这也太夸张了吧，有那么厚的锅沿吗？呵呵，也别太较真了，认为它是就是，认为它不是就不是得了。山顶，建有一亭，名曰"万寿亭"，红柱金顶，翘角卷空，翼然凌踞，空灵峻秀。站在此处，纵目远眺，只见周边群山连绵，峰脊错落，云天霞蔚，天地合一，令人心旷神怡。尤其是那三村五舍，镶嵌在绿色的崇山峻岭中，隐隐约约，让人不禁感叹山登绝顶、变幻莫测的想象。天高日朗，天是蓝的，空气也是蓝的，似乎可以掬于手指间。一群小鸟在草丛间跳来跳去寻觅食物，很是快乐。在一跳的瞬间，赫然可见裸露的石头。草木中，或许我们都是流浪的过客，只是脊背后镌刻着不同的烟火。

就这样，一行人依依不舍地下山了。我算不上真正的文人墨客，也称不上所谓的优雅，或是淡定。只是一个喜欢行吟的人。眼前的这座山，不知它源于何时，也不知它会终极何处。只是不觉走到了这里，忽就有了一种亲近感。情愿舍弃所有的语言，只要干干净净的缄默，与存在。

八宝峰

地处大同镇和庵杰乡的交界处,既有风景秀丽形象逼真的自然景观"八宝",如石人、石马、石龟、石笋、石狗、石桌、石锅、石灶等,又有丰富的人文景观,如八宝峰上的俊峰寺,是闽西佛教的发源地,两省周边许多寺庙的住持都是从这里培养出去的。有"举目奇岩成胜境,置身云海入仙家。赏心已到无穷处,古寺钟声落日斜"的美誉。

走进普济峰

普济峰，现在是越来越热闹了。（世人对"大悲山"有误解，大悲的原意应是大慈悲，偏偏有人把它理解为大悲伤，以致不少香客不愿前往，所以擅自改了！）

人们向往之，理由有三：其一，它是长汀境内第一高峰，海拔 1243 米。有了"第一"的桂冠（实际长江境内最高峰是童坊的白沙岭，海拔 1459 米），自然少不了人心的热捧和追逐。其二，山腰间有一座古庙莲峰寺（原来叫普慈院），是明朝修建的，占地 1000 多平方米，有仙则灵，百姓心目中自然多了一份仰慕。其三，寺庙周边有一大片千年的红豆杉群，枝繁叶茂，遮天蔽日。这样的规模，如今已经很少见了。看着风景，陶冶心灵，何乐而不为？

对普济峰的了解，在去之前已经是做了些功课的。查阅过《长汀县志》，记载：县东北六十里，一峰云表群中，望之缥缈，如卓笔，其旁为天华山峰，亦高峻，与之相峙，郡龙度此特峙为后嶂者，一邑巨镇不可略也。又有前人记载：明末清初，狼烟四起，生灵涂炭，民不聊生，汀州城胡秀才（雨耕和尚）遁入空门，在此荒山野岭开辟观音菩萨道场，以普救人间疾苦，寺庙取名普慈院，而山则以"大悲山"称之。

通往普济峰有两条道路，一条从铁长乡走，另一条从庵杰乡过。如今这两条道路都已铺上水泥了，爱咋走咋走，随游客的性情，很是方便。那日上午，我们一行人从庵杰乡出发，直奔普济峰。虽然路面都已经铺上了水泥，但路窄，道弯，坡陡，不到二十分钟就被折腾得晕头转向。若非心存"每遇绝境峰回路又转"的追寻，或许早就知难而退了。

沿途，跳入眼帘的，都是绵延起伏的毛竹林。汽车，就好像在茂密的竹林间穿梭。如果不到庵杰的山里转转，对"竹海"一词还真的无法做到透彻的理解和想象。绕过几道山梁，矮过几座山包，终于隐隐约约可以见到普济峰了。远远看去，主峰突起，周边群山拱卫，有如莲瓣托举，颇像一尊巨大的观音坐莲。难怪当地人要把原来的"普慈院"改称为"莲峰寺"。表面看来，改个名称，似乎与真实接近。但智者认为，通过表象的亲近，可以多一份美好的愿望。

　　车在半山腰的一块平地停了下来，场地五六百平方米。带路的人说，这就是长汀县铁长、庵杰和宁化县治平等乡镇的村民每月赶庙会的地方。这个荒山野岭的地方也会有庙会？这是我始料不及的。见我满脸的疑惑，他便进一步解释说，普济峰的庙会，实际上自从建有普慈院就开始有了，至今有300多年历史呢。每月的农历初一，住在普济峰附近的村民都会带着土特产不约而同地来到这个地方进行交易，尤其是农历八月十五最为热闹。旁边的村支书补充说，现在老百姓也有叫赴"联社会"的。咋回事？呵呵，原来20世纪30年代末，国际友人路易·艾黎受宋庆龄先生的委托，来到长汀创办了"中国工业合作协会长汀事务所"，曾在普济峰山区周边村庄组织了玉扣纸、斗笠生产合作社，并利用普慈院的庙会进行买卖交易以支持抗日战争，后来人们干脆就把庙会改称为"联社会"了。没想到，在这高山海拔上的一块弹丸之地，竟然还留有一段支持抗日光荣历史的印记。

　　坪的周围，是一大片原始的红豆杉群，遮天蔽日，大的需要三四个人合抱，该有千把个年头了吧。旁边还有古老的紫荆等名贵树种。如此规模，如此风景，令人叹为观止。但稍为让人感到有点遗憾的是，目前老树生存的空

间,正在被生命力极强的毛竹林无情地蚕食。站在大树下,细细端详,只为一个"靠近",便有一种暖暖的贴近。这一年的冬天,似乎来得有点迟,寒冷的风,把冰凉的手臂,伸进了树林间的缝隙,轻轻擦拭怨艾的苔藓,触痛裸露出最敏感的部分。不经意间,寒风扯着零星枯黄的树叶,飘飘荡荡,竟是斜弯的弧度,把一切的念想覆盖,促而急,沉而重,直入心里。

莲峰寺就在空坪的上方。从左边的小道往上走几十步就到了。小道拐弯处,发现堆放了十几个玻璃杯,旁边还插着三根未全燃尽的香烛。又是何意?众客无从知晓,都在摇头,看来只有找到知情人才能问个明白,或许它将成为我们永远的悬念。

有人建议,先去爬山,然后再倒回来看庙。或许,这是一个不错的选择。如常人所说的,好料沉底会更有成就感。没人反对,一行人便开始登顶。竹林的山间小路,坑坑洼洼,凹凸不平,只能走走停停,缓慢前行。越往山上走,周边高大的树木就越来越稀少了,目及的只有少数叫不出名的杂木和一些老头松。漫山遍野的蒿草,已经枯黄了,蛰伏一片,静静等待来年的春天。爬上一个小山包后,发现前方的小路竟然铺设了石条,虽然石条长短不一,之间的缝隙也很大且杂乱、不平,但跟前面所走的土路相比明显要好走多了,起码少了粘脚的泥土。铺路的人,或许只想用这种简单的方式,以表达做善事的诚意。一群长尾巴的灰鸟,忽然从前方的小路上飞起,停在了不远处的枝头上,惊恐的眼神,打量着我们这群不速之客。叽叽喳喳的尖叫声,或许是在责怪我们不该去打扰它们悠闲地觅食。带路的村里人指着铺路的石头说,你们仔细看看,路上的每块石头都有一个很深的小洞呢。为何?带路人笑着说,相传是赶路的神仙,用雨伞头捅着而留下的。旁边立马有人质疑,并说应是抬石头时为了防止滑动用来固定的。呵呵,何必那么较真呢?美丽的神话,多么有想象力,多富有亲切感?这道坎坷的小道,还是披上一层神秘的面纱更为美妙吧。就好比皇帝的"新衣",自我感觉就挺好。

看到金顶了。远远看去,在险峻陡峭的山顶上,傲然屹立一座外形像汉字"金"字的"金字亭"。同行们欣喜若狂,加快了前进步伐。不一会儿,我们终于登上了金顶,一览众山小,心情豁然开朗。带路的人说,站在山顶,可以看两省四县的风景(福建的长汀、宁化和江西的石城、瑞金)。可是,放眼望去,天山一色皆相似,哪里还分得清东南西北?峰顶,开阔平坦,一座八柱圆顶的凉亭立在中央,点天接地,俯视群峰。柱上嵌有一对联:大千世界容万物,悲慈甘露济众生。或许,人们赋情于文,正是用这种方式,寄希望于自然的伟大力量,来庇佑苍生的幸福平安。天空,蔚蓝,清透,金星老人忙里偷闲,正在翻晒着一朵朵棉花似的白云。环视四周,重峦叠嶂,连绵起伏,有洗耳恭听的,有倾诉衷肠的,也有仰天长笑的。一阵山风吹来,掀开了衣襟,也吹欢了心绪,整个人仿佛都融化在天地间的仙境了。有人说,登顶看日出是最美的一道风景。可以想象,一轮红日,在蒙蒙的天边跳跃而出,万道霞光,披在了青山绿水,那是多么美妙的画面啊!也有人说,春季登金顶才是最大的收获,冬去春来,万物复苏,草绿了,高山花卉竞相开放,尤其是高山杜鹃,灿烂的花团,一定会让你流连忘返!说的我心花怒放,当然这次是无缘了,期望再次相见。

正准备下山时,山顶的另一侧突然有了一个惊人的发现。有人建议大伙闭目凝神闻闻周边有什么味道?闻出来了,竟然是一阵浓浓野骚味,分明是从动物身上散发出来的。也就是说,周边一定有野生动物,甚至是比较大型的野生动物。有人猜说,会不会是山羊呀?因为它喜欢高山。也有人猜说,会不会是山獐呀?山高的地方安全。不会是豺狼吧,不会是野猪吧,说的大家开始毛骨悚然,还是赶紧下山吧。

最后一站到了莲峰寺,原来也叫普慈院。这座古寺,始建于元代初年,距今有800多年历史了,是汀州府十大古寺之一。据说,古寺香火最盛时曾住有僧侣300多人。高僧迭出,名扬周边,留下了许多美丽的传说,如慧开禅师赶山辟路,雨耕禅师驱邪引泉等等。让人最解渴的故事,是相传雨耕禅师法术高明,能呼风唤雨,寺庙缺水,就用法力点来一眼永不枯竭的甘泉,被人称之为"雨耕水"。

寺庙看起来已经很古老了,为府第式建筑,布局对称,古朴幽冥,殿内供奉观音菩萨及其他众神佛。殿中有一对联:庙宏立乎高峰众山皆小,礼不跻于五岳有仙则名。用它来表达这座古老寺庙曾经的风采,算是确切的了。现寺中仍保存许多古物,诸如当年鼎盛时期的庙宇屋基和清朝道光辛卯年间的石香炉、同治癸酉年间的木联、雍正三年的碑铭、光绪三年的龙华法会碑志等,这些物件都证实了莲峰寺的远久年代和历史内涵。

当年的鼎盛,如今已不复存在,寺庙里仅见到一名上了年纪的师父。我说,师傅就你一人?他笑着说,他要做最后的"坚守"。一句"坚守",潮湿蔓延,从胸口到眼睑。那决然的声音,刹那弥漫,丝丝缕缕。在这里,孤独或许是最好的伙伴,寻到了孤独,从此不再寂寞。但寻觅孤独,并非易事,需要放弃、执着与坦然。在寂静深山里,空然荒野,淡漠尘世,除一声声诵

读经文，除可见为生计劳作的脚面，早已忽略了尘世间的期许，包括未来的。我敢笃定，若给他们一两行赞美的诗韵，踏出的一定也是别样的风采。请准许我，穿过文字把你的手一握，再握。人生如何去走，是否过得精彩，真的不在于奢华与贫穷，不在于权贵与平凡。每一种活法，我们都应该给予点赞！

　　站在这里，想给这座伟岸的大山，捎个话。说，蓝天和山顶本是分开的，却看见了你们彼此融在一起的图腾。站在这里，还想给古老的寺庙，配个图片：中间是一座清静的寺庙，周边是茂盛的红豆杉林，冥想的烟，还有依稀的遥远的岸。站在这里，还想给这个美丽的地方一个词语，再加一点修辞手段，清唱细话，等待三月的泛绿，地面打滑的时节……

普济峰（大悲山）

　　普济峰（原名大悲山），地处庵杰乡境内。民国《长汀县志·山川》载："大悲山，县东北六十里，一峰云表，郡中望之，缥缈如卓笔。其旁为天华山，峰亦高峻，与大悲相峙。旧志云：郡龙度此，特峙为后嶂者。一邑巨镇，不可略也。府志止纪翠峰，而天华、大悲无考。或谓大悲，国初始开基名此。"其山界汀赣间，今则长汀、宁化、瑞金三县间，为汀、赣、闽三江之源。清季，临济宗雨耕禅师卓锡山中莲峰古寺，传其曾施法术降甘霖拯救周边万类，故名"雨耕"。

此地甚好

瞿秋白烈士纪念碑，就屹立在罗汉岭的半山坡上。空阔的场地，是安然的宁静。

天空正下着小雨，针细，绵长。站在纪念碑前，默默地，静静地，似乎听见了清晰的回响，来自遥远的。看不见的，是眼角里有一颗滚烫的泪珠，在不停地打转。嗯，是一种情不自禁，是一种由衷的敬意。

之前，曾撞见文友的一篇文字《秋白之死》，深深地感动过一回。他的坚贞，他的执着，他的大义，他的事迹，至今仍被广为传颂。身为"囚犯"的他，在狭窄的小屋里，深刻反省自己，坦诚地写下了《多余的话》。国民党军医陈炎冰仰慕他的才品，请求他在照片上题签，竟然写下了这样一段话："如果人有灵魂的话，何必要这个躯壳！但是，如果没有的话，这个躯壳又有什么用处？这并不是格言，也不是哲理，而是另外有些意思的话。"在罗汉岭山坡的草坪上，临刑前的那一刻：他面不改色，对刽子手点头微笑着说"此地甚好"，而后盘腿而坐，从容就义。当年，他年仅三十六岁。而这，一个个镜头，一幕幕情景，就如一把锋利的刀刃，入木三分，把过往的曾经铭刻在历史的梁柱上，深邃，泰然，耀眼。语言，在这里，已全然被淹没，无论想用什么方式去表达，都显得那么的空洞和苍白无力。

好几次，遇见了那位写过瞿秋白烈士的文友。他说，瞿秋白烈士是牺牲在长汀这块热土的伟大无产阶级革命家，难道你不能好好去写写他？接过他的话，我真想说，我看伟人，就好比站在树下的影子里仰望，渺小的视线，怎能窥见辽阔的天空？说实话，在汀这些年，每一次带着客人前往纪念碑瞻仰，心里都有很大的触动。但每每提笔，想通过笔端表达心中的崇敬之情，都感到力不从心。坦白地说,是诚惶诚恐,生怕自己的疏忽,亵渎伟人的神圣。

记得有一次,站在纪念碑前,想着瞿秋白烈士临刑前的最后一句话"此地甚好"时,我的脑海里赫然闪现出两个词:从容,大义。可是当把这四个字连在一起的时候,看来看去,总觉得有些纠结,离满意的心绪远了许多。是用"从容大义"好,还是"大义从容"来表达更合适些?把这样的词交给文友们讨论,他们说,大义来自于理想,从容来自于生活。一种是人生信仰,另一种是生活态度。或许,理想与生活并非完全的对立,黑白的相互映照,常常可以成为彼此的垫付。文字是黑白的世界,现实应当也是。

这自然关系到一个人生价值的问题,也就是说,值与不值的问题。有人说,生存,是顺者昌逆者亡,以致卑躬屈膝苟且偷生者有之。也有人说,人生,应是活得有尊严,活得有骨气,正如瞿秋白烈士关于灵魂与躯壳的表达。想起一句俗语:树要一张皮,人要一张脸。所要表达的人生价值取向的那一层意思,对于想活得有意义、有骨气的人来说,应是最确切、最直白不过了。生活,行是断章,止亦是断章。不同的活法,自然有不同的表现,不同的结果。自然,死去的人,就会有重如泰山轻如鸿毛之区别。瞿秋白烈士走了,

但在流逝的时光里,在发黄的纸面上,依然有他的身影,他的从容高歌。如窗棂上的雕刻画,时光打磨,仍然是棱角分明的风骨。

站在台阶上,望着恣意飘洒的雨,忽然感觉和它的距离是那么的近。或许,雨,是泪的另一种深情的表达方式,有着一种无语诉说的能力。湿漉漉的广场地板上,一行行,是渐来和渐去的鞋印。人和魂,揳入大地,沉淀在澄明和清静里。

就这样,当打出这个标题的时候,心里对老一辈革命者是何等的尊敬!"此地甚好",看似一句再朴素不过的话语,却于千万种声音之中,独立,灿然。

瞿秋白烈士纪念碑

　　位于福建省长汀县城罗汉岭。一九五一年在瞿秋白烈士就义地建"瞿秋白烈士纪念碑",一九八二年重修,一九八五年重建。碑总高三十点五九米,碑名为陆定一所题,碑文由中共福建省委、省人民政府撰写敬立。

阅读老古井

早春的傍晚,六点多钟,天还耀眼得很。饭后,和着闲散的心情,独自到大街小巷散步。

走着走着,黑夜老人就从天边慢慢拉起了一张厚厚的黑幕,不知不觉地,天就暗下来了。此时,忽地就想起了一个地方,老古井。清静,悠然,简洁,是个非常适合修身养性的好地方。或者说,如果真想静下心来,给自己的心灵洗个澡,那么在那个地方,绝对是可以毫不顾忌地跟自己诉说的好去处,说说那些三两枝之内的话。

提起老古井,长汀的城里人,或许都知道它在什么位置。但这个所谓的"知道",对于许多人来说,却是肤浅的,表面的。对它的认知,仅仅停留在它的名气。而我,对于它的独衷,更多的是在于它的自然,它的安静,它的诱惑。确切地说,它是北山怀里的一颗露珠,有一种甜甜的很美的味道。无法言说的是,有那么一种情愫,近似于某样温润入耳的声音,亲切地招呼着我向老古井走去。说句实在话,我已经去过多回了,但每一次的探望中,在脑海里的印象,与眼睛看到的,始终是不同的景致。它,经常变幻着角色,变幻着姿态,就这么一直走向心里,走向心里的内弯……或许,是由于不同的心境,不同的感受所造成的。所以,我敢说,今天的相约,一定会是格外的优美和雅致。因为,今天我很向往。

周围,空旷,没有一人,一切都是安静的。我,是这个静谧、温馨和清醉的唯一见证者。温润的空气,皓洁的月亮,依稀的背景,淡薄的花香,哪一样,都让人感到十分的亲切,都是曾经的、现在的喜欢。什么都可以想,什么都可以不想。或许,在这里的每一个姿势,都是独美的,都是撩人的。只可惜,我不会画画,要不然,一定会把那些安静的细小颗粒,细心地把它排列在纯净的画布上,静而美。如修拉的油画,由内向外,不涌卷,不出声,就留下简单宁静的悠然。

　　与井相对，便有了一种心驰神往的开始。和它静静地对视，思绪也就慢慢地醒过来了。井旁，成直角形排列的石板，或许是因为这样的夜晚，变得格外文静起来，多了少许的悠闲与自在。那样子，让人好生羡慕。这样的光景，真适宜坐下来，轻轻地做个深呼吸，肆意地浪漫一下自己心中那一块悠闲。目光游离，荡到了井口。井沿是方的，井里却是圆的。是刻意的造型，还是随性的侍弄？不得而知了。井沿壁上曾经见过的几棵小草，已躲进了阴影里，不见踪迹。倒是一不留神，就撞见了井底的月亮。皎洁，丰满，圆实，大方，颇有韵味。井里的月亮，看起来，比挂在天上的月亮似乎要大许多。这种境况，我不知道该用什么原理来解释。是不是靠近了，它就大了，远离了，它就变小了？一如人生的际遇，近了就亲，远了就离。如果是，那么靠近大而圆的月亮，心里是不是就会多一分亲近，多一分温柔的表情？而这始作俑者，竟然是这一汪清澈的泉水。月儿，对他人的光顾毫不理会，依然是不知就里，堪堪地躺在井里柔软的沙发，惬意地享受。心里蓦然一惊，若给它安插一大朵的幸福，与之匹配，那又该是何等的美满！所有的一切，应当归功于这甜美的安静了。

　　心绪又生一问：不是距离，能产生美感么？不是距离，也能成就思绪么？远，或许自有远的好处呢。抬头看，一轮圆月，恰好骑在了树梢上。清光流泻，似一种恩泽。树与月，默然相依，静寂开心欢喜。落在地上具象的影子，一明，一暗，同样会让人心软，也能跳出大把的菊花和祝福来。这副模样，让我想起在宾馆里曾经见过的一组灯光。它，有一个很好听的名字，叫圆影。就是那种很经典的圆柱造型，上面嵌了一寸多蓝色的边。晶棱状处理过的面罩表面，有着非常好的漫射效果。光线，明朗简约，落在地上，光影相亲，无形中添增了不少柔软的质感。眼前所见，与心目中的印象，颇有几分相似了。如此联想，便生出一问：可以不可以说，远与近，在这里并非是一种单纯的距离，而只是一种生情的感觉罢了？

　　坐了一会儿，一种特别的安静，大胆向我走来。近处的路灯，格外的耀眼。灯下，一丛丛的小树在伸着懒腰。小飞虫，在树冠上起伏盘旋，描着一幅动感的画面，驮着一方黑色的韵律。安静的环境里，倚石而坐，对井而思，真适合做一些念想，优雅的，淡伤的，甚至埋藏心底里不愿张扬的一些过往曾经。记不清哪位诗人说过：安静，容易产生思想，也最容易制造感伤。许真是那样了，碎碎的念，浅藏的思绪，在漫无边际地疯狂蔓延生长。忽地想起了某天的兴致，想起了某日的难堪，当然，也会有轻易不言说的烦恼。其实，这很自然，人生的日子本来就是五彩的，有阳光的，也有阴暗的，甚至

是揪心的、一直无法放下的事情。梳理好了，轻轻一放，心胸或许就开阔了。这让我想起了禅修，想到了一个禅语故事：一个苦者对和尚说："我放不下一些事，也放不下一些人。"和尚说："没有什么东西是放不下的。"他说："可我就偏偏放不下。"和尚让他拿着一个茶杯，然后就往里面倒热水，一直倒到水溢出来。苦者被烫着马上松开了手。和尚说："这个世界上没有什么事是放不下的，痛了，你自然就会放下。"这个故事很生动，也很哲理。告诉我们眼里所看到的世界，其实都是空的，一切的不如意和烦恼，结果只有一个，就是自己不肯放过自己。烦恼和痛苦，与别人无关，只有自己永远无法满足的欲望和不平衡的心态。如此说来，生活真的需要简单些，超脱些好。一友日前给我发了一则短信，不知道是他自己的感慨，还是别人的言语，总觉得很有道理，便牢牢记住了。他说，简单，是一种境界，浅浅的随意和从容，仿佛小桥流水般朴素和自然；简单，是一种韵致，心灵的一种释然和顿悟，柳暗花明，豁然开朗；简单，是一种情调，性情的一种解脱和淡泊，隐约直白，回归心灵。想想也是，让生活简单，握住一缕阳光的时候，便会有了阳光般的心态，知足，感恩，达观。

还是静静地听听舒缓的曲子吧。打开手机里下载的轻音乐：《安妮的仙境》《草原小夜曲》等等曲子，缓缓地揉进了宁静的夜。说不清为什么喜欢，或许，是它遇到了这合宜的夜色，遇到了清幽的景致。

一少妇，轻盈来到井边打水。我说："这么迟了，还来打水？"她抬头微微一笑，答道："早一程，晚一程，日子久了，已经习惯了。"哑然无语。一句话，这般沁凉醒人。一早一晚，走过的就是人生的日子。有人说过，生活明朗的人，可以把生活镀上五彩的颜色。这我相信。甚至可以执拗的愿意，以水那单纯的清澈、干净的浅色做背景，给每一滴水披上风，轻轻一抖，便会有碎舞的银弧形线。近时，可见骨骼。远处，可见痕迹。那感觉，生活就是丰富而多彩。此刻，稍稍地打了一瓢井水，一饮而尽了。

安静的夜里，看到的，想到的，每一个细节，似乎都很柔软，都能找到一个合适的词语来定义。回房后，打开电脑，期待借助文字的象形和夸张，以记录一段一节的思绪和念想，来表达自己浅藏的意识和蜷蜍的心情。最后落笔时，惊慌的是自己。原来是那么的零乱，没个头绪，散落一地的喧哗。总算明白，文字有时也不能承载太多的思绪，何以能支撑一个长夜独坐的姿势？

季节是有表情的。晚风里，清香穿透黑暗。

很好！

老古井

　　长汀城最古老的水井之一,坐落在风景秀丽、景色怡人的卧龙山山麓。据说是世界法医鼻祖、宋代长汀知县宋慈,体恤长汀城东门百姓用水困难所挖。老古井不大,是一口石砌圆井,井深三点九五米,口径宽一点四三米,井水清澈甘甜可口,冬暖夏凉四季不竭。

禅意天井山

不知何时，染上了感伤，也恋上了怀旧。听朋友说，天井山，不仅有飞流直下银河落九天的瀑布，有保存完好的唐宋古驿道，还有玉清元始天尊、上清灵宝天尊、太清道德天尊论道说法的三仙观。当然，最让你意想不到的是，深山老林中竟然还藏着一座非常漂亮但已无人居住的古村落——天邻村。于是，在一个雨过天晴的日子，带着一行人奔向梦寐以求的天井山。在恬淡的春季里，翻阅安静山水，闲看花染大地，静听鸟语蛙鸣，深吸清甜空气，收获最为惬意的享受。

回来后，把这次美丽的行程逐一进行梳理，却发现收获的许多故事，事后竟然不知从哪里开始说起，忘了该如何进行叙述，甚至质问自己是否曾经有过美丽的设计？友说，别那么费劲折腾，随性吧。我的理解，是不是可以这样认为，一切的一切，都随时、随地、随心，且随意而为之。若是，那就让甜美的感觉，跟随快活的脚步，记录一段撩人的美丽行程吧！

（一）

第一站：石拱桥，驿道边两古树（枫、樟相靠），熟悉的野生植物（野魔芋、棕叶、虎杖、苦竹），见到只剩一张树皮的梨树，观音岩，三级瀑布。

那天下午，热心的天邻村村干部，听说我要带一拨人去天井山看风景，便主动要求进山当向导。原先的天邻村村民，几年前就搬到大同的郊区了。看得出他们的邀约，完全是发自于内心的真实表示。让人非常的感动，同时也让人感到非常的不安。心中又想，或许，他们仍然以大山的美丽风景引以为豪，有朋友自远方来，自然要把这里最美的一切毫无保留地介绍给朋友；或许，是他们对远离的故土依然心中牵念，不舍的离去，时不时就想找个机会回去看看。若是，多少可以让忐忑不安的心境得到一点安慰。

山路在盘旋。裸露的天空，宽阔，蔚蓝。几片迷茫的云朵，在天边左右莽撞。山野的禅意，优雅而浪漫。看什么，怎么走，全由他们事先的策划和安排。近一个小时的车程，终于把我们带到一座古老的石拱桥边。桥身，没有栏杆，没有修饰，沉着而平实。躺在桥面上的鹅卵石，参差不齐，凹凸不平。青苔，野草，肆意攀附在皱褶的桥身上，随心所欲。古老的石桥，远远看去，就像一位衣衫破旧不修边幅的老人，坚守着这条从山涧里游出的溪水。沉默，寡言，静观溪边水草悠悠，闲看一汪清水缓缓荡过。站在桥面上，才猛然发现蔚蓝的天空，在水底下是出奇的安静、无聊。明媚的阳光，一不小心把行人撞翻，瞬间掉落进了水里，竟成一团模糊的影子，惊吓了一群过往觅食的小溪鱼。飘荡在水面的枯黄落叶，轻轻吻别影子的额头，无意作长久的停留。一阵凉风迎面吹来，很是惬意。吸入的空气，能感觉出有一丝清甜的味道。桥下不远处，是一座小水坝，执意挽留叛逆的溪水，拗撞的声响，把清澈的恬静，一点点击碎。一友说，风是随水流的。另一友却讲，是风推着水走的。或许，最无法言说的就是这种意境。感觉，有时真的是无法用简单的词汇来描述的，视线能够抵达，而心境却未必能够抵达。太多的如果，最终可能还是如果，无法言语，在不知不觉中，就会把自己遗失在茫茫无边的答案里。

沿着古驿道，向溪水的下游慢走。陶醉之时，目光竟然撞上了驿道内侧两棵非常粗壮的古树。宽大的树径，估计要两个大人才能合抱。两棵大树，是那么简单、草率地长在了石壁的缝隙里。黝黑的崖壁，哪来的养分？它们经历了多少春夏秋冬？又阅历了多少人间酸甜苦辣事？周围的一切，似乎没有事物去理会、去关注这些，更不在乎这个所谓的答案。你瞧，青山，绿水，花草，蝴蝶，鸟儿……都是那么的从容，镇定自若，悠闲自在。萌生疑问和关注，探寻答案，算是我们这些孤陋寡闻之人，对一个顽强的树种表达一种崇敬心情的态度和诠释吧。两棵大树，紧紧地拥抱在一起，让人感觉是那么的亲切。它们彼此，就那么默默地站着，守着，无论刮风下雨，还是严寒酷暑，都无怨无悔，乐意，坦然。再细看，竟然还是两个不同的树种，一棵是枫树，另一棵却是樟树。如此的和谐共处，不是情侣，也该是亲密的兄妹吧！优美的姿态，把一行带着惊叹号的客人，悉数领到了跟前。锐利的光线，透过树冠的枝丫，从树叶缝间漏出的那一点点明亮，已经把影子叠进了时间。斑驳的色彩，拉长了绰绰阔阔的影子。风在轻轻地揉着树叶，掀起了绿色的长裙衣

摆，亲热的言语，旁若无人地诉说着过往的曾经。不知所谓的智者、诗者、写手，还有漂泊者，此时此刻，他们会想些什么呢？心里又会在吟咏些什么呢？我，静静地站着，打量着这两位古朴的老人，心里突然感到有好多的话语想说，问问它们：是不是也在想着遥远的人儿？归期何时？归途又在何处？对岸的河边，一只长尾巴的鸟，正在啃着时间的果实。风影里，蒲公英，轻轻地飞，无拘无束。藏着幽幽的心事，恰如远处那棵小树枝头的花朵，期待着一场久久酝酿的裂变。或许，在各自的思想里，都应该是一位自由的行者。

野魔芋，在路边疯长，娉婷于杂草丛边，苗条的身段，在阳光下舞蹈。长在这里，完全出乎我的意料。一叶和另一叶本是分开的，但却分明看见了她们融在一起的图腾。自己愣怔地站在那儿，审视了无数遍，也没能得出准确的答案。虎纹斑点的芋茎，骨脉相连，有温情，有暖意，只要愿意，或许在这咫尺之间随时都可以净化成一片蔚蓝的天空。其实，这不起眼的东西，经过移植培育，目前已成为一种非常有价值的碱性食物了，可以治疗"三高"（高血压、高血脂、高血糖），被尊称为"魔力食品"。在我的老家，是一道非常出名的菜肴了，但在这，如同深房的闺女，没有多少人会认识它。

粽叶，学名不知道叫什么，只知道每年的端午节是用来包粽子的。这家伙，自由自在地，在草丛中肆意地张扬着，静坐在小河边，听溪流叮咚，一直不肯放弃叫醒这沉静的寂寞。伸手轻轻拉着它的叶片，枝条瞬间便弯成了恭敬的弧状。久了，感觉会有一种微微的疼，却是一种遥远的幸福。童年的暑假，曾跟随母亲在深山老林里，摘回一捆捆粽叶，换回了笔纸和一个学期的学费。粽叶的边沿，锋利无比，纤纤的小手，太单薄，太细嫩，担待不起一丝一毫的尖锐。几天下来，整个小手伤痕累累，但内心却有一种额外的开心。仅凭这一点，就让我很想靠近曾经的幸福，很想接近那种劳有所得的满足。

路边的虎杖，已经长得老高，尖尖的头，好像用刀削过了似的，甚是可爱。我行我素，那种向上伸长、永不低头的姿势，像是在展示追求光明和希望的肌力，算是一种无言的宣誓吧。一友停下了脚步，站在旁边端详了许久，却没有吱声。我对他说：这就是虎杖，可以吃的，而且很好吃，如果不信的话，你可以拔一节试试。真的能吃？他顺手就折了一截，毫不犹豫地塞进了嘴巴。嗯，还真是，有点酸，有点甜，水分丰富，味道不错。我告诉他，如果拿去煮熟后并捞过清水，再配些肉片等佐料爆炒，那味道更是了得。朋友笑笑，还故意做了一个咂唇的动作。可以想象，这偶然遇上的，不经意的发现，所积攒下的那一些东西，就会让你莫名的感动。如眼前的虎杖，竟是距离大地最近的最绿色的美食。

苦竹，小路边，山坡上，到处都是。风来了，沙沙作响，轻歌曼舞。在回归安静的时候，飞累了的小鸟，却成为压弯枝头最引人注目的一道风景。在这春暖花开的季节，苦竹的日子并不安静。小笋，已经探头探脑，怯怯地钻出了头。别看它个细，却有着超强的扩张力，这里一根，那里一丛，承接阳光雨露，笑看世间沧桑。叫它苦竹，是因为它长出的竹笋含有淡淡的苦味。苦是事实，但确实有味，会让你一直想着，念着，欲罢不能。向导说，它是原始的，是环保的，也是降火的，总之是非常好非常好的东西，是大自然给予人类最最美好的恩赐。对于苦竹的苦与喜爱，正如诗人所云，知我者，谓我相知，不知我者，又与我何求？单就从这一点来说，世人也应该常常自省，做一辈子矛盾的自己，竟然还不知道自己跟自己周旋了那么久。

路旁，有一颗碗口粗的野梨树，不知为何，树干已枯，只剩下一张薄薄的树皮，但仍挺胸直视，傲然屹立。树叶，不问缘由，任性地生长，树叶间隐藏了一串串雪白的梨花。站立片刻，却苦苦思索不出它能够继续生存的理由。或许，命运在它毫无防备的时候，却跟它开一个莫大的玩笑，而在它快要绝望的时候，又给它一丝可以触及的光明。眺望的姿态，无言的守候，站成一道最华丽的风景。没有人知道，斑驳和寂寥的最深处，是否仍在坚守曾经有过的繁华？如果可以，在炎炎的夏日里，请用淋漓的诗意，给这棵孤独的野梨树一片清凉。

一路行走，野魔芋、粽叶、虎杖、苦竹、野梨树，这些童年记忆，慢慢地就从脑海深处走了出来。一种无法言说的感动，与流浪的色彩相映，相互抵融，相互渗透。

一巨石，靠着大山，目视前方。向导说，那就是人们常说的"观音石"。为何叫"观音石"？是形像，还是神像？左瞧右看，却看不出所以然来。或许，古老的驿道，成千上万的行人，翻山越岭，风餐露宿，十分的艰辛与风险，心中总想虔诚恭请一位神明，来庇佑路途平安。向导停下了脚步，手舞足蹈地给我们讲了一个非常美丽的传说，说在很早以前，这一带山林常常猛虎为患。有一次，凶猛的老虎竟然把两个行人给吃了，弄得过往路人心惊肉跳，惊慌失措。一位得道高僧得知后，便在巨石的旁边做起了法事，并在巨石的岩穴供奉上了观世音菩萨。从此，虎患绝除。接着向导又说了，聪明的商人，从那以后便在观音岩的石岩底下盖起了一座石头小屋，做起了茶水、灯盏糕等生意，口渴、饥饿的行人，从此多了一处歇脚的地方。虽然现在这石头小屋已经倒塌了，只可见一些残存的墙脚，但听完这个温存的故事，心中仍会升腾起一丝暖暖的敬意。

继续前行一段路。向导说，天落的瀑布快到了。"天落的？"呵呵，这字眼也太给力了吧！一下子把我给带进了无限想象的空间里。沿着曲折的小路，往山涧里下行几十米，突见一条白色的绸带从高处飘落，一波三折。隐隐约约，也能听到雷鸣的声响。经不住的诱惑，早已把心给掠了去，匆匆下行。瀑布的真面目，终于露脸。你瞧，飞流的水花，一路引吭高歌，好似万马奔腾，在嘶叫，在狂吼，互相拥挤着翻滚下来，溅得山谷珠飞雨散。跌落在岩石上的水珠，像一颗颗闪亮的"珍珠"，瞬间化为了水沫，水沫又变成了雾气，周边一片雾气蒸腾，有了一种朦胧的美感。水落处，有一口深潭，飞奔而下的水流，不断冲击着深潭，溅起数不尽的水花，奔腾着，荡漾着，欢悦着。人浮身于这一片声浪中，每个细胞都充满了活力，让人真正感受到了大自然的伟大和神奇。深处的水，是幽绿的，绿得清透，绿得自然。水中，可以清晰看到岸边风景的倒影。那圆溜溜的鹅卵石，在不停地眨着小眼。小溪鱼，突然遭遇陌生的来客，惊慌失措，在石缝间穿来跑去。把手插进水中，轻轻地舀了一口水，甘甜的泉水，一溜烟便钻进了肚子，真是沁人心脾。我深深地陶醉了！闭着眼睛，享受着大自然给予我的最美好感受。

向导说，冬季时，水量比较小，现在来春了，这泉水就大了起来，瀑布也就壮观了许多。呵呵，春天，这位清秀的小伙子，每年总是不厌其烦地叫醒这个蛰伏的世界，先用大把大把的刷子把满山遍野涂个青绿，接着就接连不断地倒出了琼浆玉液，汇流成溪，成河，欢快心情一路高歌了。一友接走了话题，说水的性格，是最能屈能伸了，你看，路不通时，就选择绕行；遇到悬崖峭壁，也能坦然自若。

其实，人生也该如此，没有如果，只有后果和结果。心不快时，可以选择看淡；情渐远时，可以选择随意。有些事，挺一挺，就过去了；有些人，狠一狠，就忘记了；有些苦，笑一笑，就冰释了；有些情，伤一伤，就坚强了。哪怕今天再大的事，到了明天就是小事，今年再大的事，到了明年就是故事。命运只有自己掌握，别人掌控不了。成熟了，就用微笑来面对一切事情。水到绝境是飞瀑，人到绝境是重生。

（二）

第二站：古老驿道，独轮车印记，途中客栈，山顶驿站。

向导说，我带你们走走古老的驿道吧。这是一个很不错的主意。心中暗想，走在这样一条穿越历史的小道，兴许能够寻找到一些童话小说中的记忆。

古老的驿道，在竹林中艰难地穿行。石砌的边坡，许多地方已经出现了崩塌的缺口，如满口的门牙，极不协调地掉了几个，让人看了有些淡淡的伤感。小道，被杂树、毛竹遮蔽了，铺陈的鹅卵石，潮湿的，长满了青苔。疯狂的杂草，肆无忌惮地侵占着驿道的地盘。

驿道，顾名思义，是由官方组织修建的道路。虽然路基不到两米宽，弯弯曲曲，依山势而修，但在生产工具极其落后的古老年代，已经是一件十分不易的事了。我开玩笑说，给它取一个"牛肠小道"的名字如何？友说，对这样的小路，一般人都叫"羊肠小道"，你怎么会另类地叫上"牛肠小道"呢？我告诉他，其一，牛肠总比羊肠粗一点，叫牛肠显得大方些吧；其二，沾点牛气，自然而然也就神气得多了。不知是否有这道理！不管咋样，我真想就这么好好任性一回。

这条驿道是哪个年代修的？又通往何处？什么时候才废弃不用了？这几个问题，一路上都是我们感兴趣的话题。向导却结结巴巴答不上什么时候修的，只说是很古老了，应当是明清的时候修的吧。对后面两个问题，当然简单多了，因为很现代。他说，这条驿道是专门通往邻县宁化的，以前宁化归

汀州府管辖，这条驿道直到中华人民共和国成立后都还一直用着呢，许多小伙、姑娘与宁化的邻乡通婚，逢年过节走亲戚都是走这样的路。只是近些年开了新路，交通便利了，走亲戚开着摩托车、小车，古老的驿道便少有人走了。从言语中抖撒的，是一种莫名的失落。

驿道的中央，有一条顺着道路深浅不一的沟壑。向导说，那是独轮车留下的印记。这样的小道还能走独轮车？真的让人无法理解。弯曲的线痕，弄皱了我那不平静的心情。"赶客"，这一特有的称呼，此时自然而然地与这古老的驿道紧紧地联系在了一起，令我肃然起敬。历史，就是靠他们的一个个脚印走出来的。青山依旧在，可一波又一波的赶客平静地离开了，平淡得好像什么都没有发生过。绵长的时光，就这么一段段地被无情地剪去。他们，曾经在这拥挤的小道上，不停在追寻希望，用眼泪和汗水，苦与难，洗礼了梦想。漂泊尘世，聚聚散散，幸福或者悲伤，流年，都在随意地书写。或许，就是这样的平淡，才显出了隽永。

小道上每隔一段，都有一条横向的小沟，做得很整齐，相当精致。向导说，那是排水沟。先人，为了防止道路被雨水冲坏，在修路时就已经做好了排水系统。路边的树林，十分的茂盛，有的都要几个人合抱了，该有百来年的岁数了吧。一不小心，还可见到桂皮树等名贵树种呢！

就在歇脚的当儿，仰望那弯弯曲曲的古驿道，感觉这小道就像是顺着山势，沿着河沟，向高处在一步一步攀爬。越是靠近了那迷失的路头，与那终点就挨近了一分。在那山穷水尽处，相信会有一个柳暗花明的出口。失语的岁月，跌跌撞撞，已在这条小道身上留下许许多多的"劫数"，漫游的思绪，与它们身上无数的伤痕相撞，不仅让人感慨万千，还会滋生一种无法言说的感伤。不知不觉地，从口袋里拿出了手机，留下了眼前一幕依稀的朦胧。心里浮起一个断句："瀚海无路，只有走字，若托星月当信差，裁得一截银白的咸布，渍痛了伤口，我便知晓，只有继续。"凝视磨损的驿道，那里记载着曾经历史的光影与艰辛。

半山腰，有一块平坦的地方，周遭有明显的地基，石块七零八落，四处堆放。向导说，以前在那里盖有一座小屋，卖些茶水和食物，是过往行人歇脚的地方。还说了这么一个动人故事：一妇人沿着驿道千里寻夫，到达这座小土屋时，过往的行人告诉她，她的丈夫已经几个月前就病死路途，好心人已经把他给埋葬了。晴天霹雳的打击，让她悲痛欲绝，哭了三天三夜，结果把这座小屋给哭倒了。感人的故事，是不是"孟姜女哭倒长城"的翻版？没人去深究，整个故事，虽然没有跌宕起伏的情节，没有浪漫奢华的章段，但那真挚的口吻，直白的辞藻，却道出了家人对行走他乡亲人的日夜牵挂，孕育着一份温馨的情感。一个"哭倒"，分明是挚爱的洒落，令人潸然泪下。那份浓浓的爱，会一直被永恒地传唱。

　　走到山顶，终于见到了古老的驿站。破败的残墙，立在那儿，看起来痛苦不堪。不语。或许，风雨的摧残，已经让它失去了任何语言的能力。无奈的姿势，似乎在表明一种豁达与看淡。呵，曾经的以往，早已沉睡在另一个时空的纬度里。当然，在某一程度上，于任何人，都已无法复制当年的面目。向导说，这个驿站在二十多年前，还是完好的，过往行人累了，困了，饿了，可以在这里坐下歇息。刮风下雨，炎炎烈日，也有一个安身立足的地方。只是，后来没人管理，失修了，才慢慢损毁。春风乍起，翻动渐深的伤感。季节的额头，也已泛起深绿。蜿蜒多年的驿道，已经将岁月赋予的枝蔓，慢慢剔除。有谁，可以用决然涂抹古老的颜色，还有谁，能用遗忘来诠释曾经的过往？眼波流转处，残缺的场景，什么时候才能捂暖一角的寂寞？

　　潜在四月的风里，草尖露珠，点缀着过客的梦境，伫立在迷茫的路口，仍在折叠不变的守候。

（三）

第三站：三仙观，远眺三县，高山心怀。

　　从古驿道下来，沿着另外一条山路，向天井山的山峰进发。目标：三仙观。不知绕过了几道梁，转过了几道弯，七拐八弯，把头转晕了的时候，总算上了天井山的山顶。当然，这只能是接近山顶，因为车开到接近山顶的一块停车坪，就无法再上山了。这块停车坪，也是新开发不久的，料想是为了游客的需要才铲开的。

　　上山的路途中，向导介绍了许多，说这山顶上原来有一座三仙观，玉清元始天尊、上清灵宝天尊、太清道德天尊三大仙人经常在这里谈经论道。山顶的那座三仙观，早已倒塌了。周边，一片狼藉。向导告诉我说，这座三仙观是在文化大革命破四旧的时候拆掉的。甚为惋惜。有好事者，已经把一尊大约五十厘米高的石佛，供在了断垣残壁的中央，几炷香条没有烧完，孤零零地立在那儿。问身边的人，供奉的是哪路的神仙？没人知道。旁边的残墙

上，不知谁把残缺的石碑捡到了一起，并用玻璃胶进行了粘合。中间可见"三仙聚会"的字眼，并署上了三仙的姓氏：郭、邱、王。石碑的边上还有"日月""阴阳""雷电龙"等字，只是缺胳膊少腿，没了其他的字相佐，已经无法把原有的内容复原，真实的意思就无法读懂了。站在那儿，愣了好一会儿，心里在想：日子，兴许就这样随便地老旧了。只有许多东西，好比残缺的石碑，静定在那里，才会有一种无法言说的等待。经过风雨，越过秋冬，繁华不在，但这无关紧要，相信中间仍是深深地记得。友说，一些物件，被时间打磨变得老旧，那只是表面的，肤浅的，它的内涵，可以随着时间的推移变得更加深邃，富有质感，而这才是能真正体现出价值的地方。深有同感。为此，内心有一种强烈的感受，就是如何才能够悉数找回过往的曾经？

　　站在山顶，高一点的是天空，低一点的就是脚下这片土地了。举目四望，可以清晰看见长汀、瑞金、宁化三座县城的高楼。仰望亘古不语的苍穹，凝视延绵不断的山野，才真正体会到什么叫"渺小"，在脑海里仅存的词汇，已无法表达了。山顶上，清澈，干净，透明，展现的就是一种极致的美。山风，从遥远的地方赶了过来，弹响的一段段琴弦，盈盈的漾在蓝色的天空，渲染了整个宁静的山坡。此时，你可以静静地闭上你的眼，把念想的过程当作一种认真的享受。那种甜美的感觉，就会像疯长的藤蔓，与温柔的季节肆意缠绕。甚至你无法想象，滞留在野草尖头的那只蝴蝶，是怎样蜕变才能从冬走进春的画卷？

　　友说，站在高处，风景就是不一样。人生呢？能站在这样的高度吗？曾看过一本励志的书，留驻在脑海里的一段文字，或许可以作为注解：忘记你的过去，看重你的现在，乐观你的未来，你就站在了生活的最高处；当你明白成功不会显赫你，失败不会击垮你，平淡不会淹没你时，你就站在生命的最高处；当你修炼到足以包容所有生活之不快，专注于自身的责任而不是利益时，你就站在了精神的最高处；当你以宽恕之心向后看，以希望之心向前看，以同情之心向下看，以感激之心向上看，你就站在了灵魂的最高处。

（四）

　　第四站：仙人湖，走进天邻村，擂茶。

　　从天井山的山顶，到天邻村的途中，必须经过"仙人湖"。说它是湖，确实有点夸大其词。因为，这"湖"的面积实在太小，最多不超过两百平方米，充其量也就是山塘的角色。当地的百姓怎么会称它为"仙人湖"呢？向导解释说，最主要的原因是这口山塘，地处山顶，泉水清澈，历史上从未干枯过。在当地百姓中，还流传这样一个美丽的传说。说是天上的仙女，发现天井山是个非常美丽的地方，于是，便作起法来，挥簪筑池，下凡在此沐浴享受了。如此美妙意境，当然让人怦然心动。为此我大胆作出了结论：凡是漂亮的地盘，都能跟神仙牵扯上关系。或许，披上了这一层神秘的面纱，在我们的想象中，就会多一份美丽和念想。可惜的是，两年前，开路的工程队为了取水方便，用钩机对仙人湖进行了扩大和清理，没想到，泉水从此变得浑浊，两年多来一直不沉淀，真是让人匪夷所思。村民说，风水被破坏了才会这样。是真的吗？科学上又能怎么解释？

　　过了仙人湖，很快就到了古村落——天邻村。满山青绿，透明，简洁，也点缀了古村落清冷的安静。你看，路旁的绿树花草，我行我素，不紧不慢地长着，是安静的；白墙黛瓦的老屋，依山而建，错落有致，闭目养神沉默着，是安静的；连歇在半坡远处枝条上的暖阳，也都是那般的安静。无须刻意，是那么的自然、妥帖。迷人的景致，就像浑然天成的诗行，散发出淡淡的禅意。若淡墨落素笺，心阑珊，意亦会阑珊。呵呵，这简直就是一张极致

的风景画。享受如此美景，是"采菊东南下"的那一份恬淡，更是"本来无一物，何处惹尘埃"的那一份释然。脑海里满满的东西，瞬间就被全掠空了去。请告诉我，这样的相遇，该让我吟咏哪一句？如不介意，就唤她是"世外的桃源"吧！真愿在这多彩的时节，翩翩起舞，或沉醉不醒。

热情的村民老范把我们迎进了屋里。他与妻子是天邻村唯一留下来的人了，因为他是护林员，要看守这片美丽的山林。老范已经70多岁了，但看起来要年轻许多。刚开始我们大家都在猜他的年龄，有人说他最多就50岁，结果相差了20多岁。最后大家的结论是：干净的泉水，富氧的空气，绿色的食物，远离了城市的喧嚣，远离了烦心的人际，所以长寿。如此说来，老范的幸福指数要比我们高多了。记得有一次到寺庙跟一位老和尚谈人生，结果他告诉我：人生有三种境界，就如参禅。参禅之初，看山是山，看水是水；参禅有悟，看山不是山，看水不是水；顿悟之时，看山仍是山，看水仍是水。当走过生命的一周匝，再回头看自己的人生，才惊奇地发现，人的一生，就是赤裸裸地来，赤裸裸地去。大彻大悟啊！

老范请我们"吃擂茶"。这个东西，我还是第一次见识。老范端出了一盆热气腾腾的"擂茶"，并拿上了油炸粉干、炸花生米、咸笋干等等佐料。好客的老范，操起勺子，吧嗒吧嗒，立马给客人打上了一大碗，双手恭恭敬敬地递到我们的手上。香气扑鼻，馋得我们直流口水，胃口大开。这"擂茶"是怎么做的？又是用什么食材做的呢？朴实的老范，坦然地告诉我们，这擂茶是用茶叶、大米、生姜制成的。制作过程其实并不复杂，但很讲究，先是将三种原料放进青石打就的擂臼中，用油茶木制的擂槌，反复捣磨成糊浆，然后再拌入香菜、番薯粉丝、猪大肠和适量的盐，加水在大锅里煮成稀粥状。吃的时候，再撒上一些诸如油炸花生、炒大豆、炒芝麻等佐料就可以了。他还告诉我们，擂茶有生津止渴、清凉解暑、消痰化气、健脾养胃、滋补长寿及防范和治疗瘴疠等诸多疾患之功效，所以山里人喜欢就地取材，用这东西招待尊贵的客人。不懂规矩的我们，接过擂茶后就迫不及待地猛喝了起来。热情的主人，在我们刚刚喝下去一点，就又拿起勺子重新给我们添满。直到我们告诉他实在是撑不下去了，他才勉强停手。后来，向导告诉我们，按照客家人的习俗，如果你喝完了，说明你还想喝。如果你不想喝了，那你就别把手上这碗擂茶喝下去，要让它留在碗内，等到临走时，才一口气喝完，然后告辞。呵呵，热情的客家人，那股热情劲会让你终生难忘！

返城途中，与同车的友人说了许许多多的话，有谈今天此行的感受，也有说一些未来的设想，比如带上心爱的人，在这样安静清悠的地方，读几页书，喝几盏茶，听几首曲子，平淡中培植几分闲情，慢慢消受美好时光，那一定是很美很美的。太美的地方，容易让人产生幻觉，容易让人忘乎所以。当然，那些想法虽然有点幼稚，但并不影响人们想象的美丽，也无须联想太多的风月。只要在唯美的意境里，不由自主地潜泳就足够了。"享受"两字，关键就在于每个人心目中能留下多少流连的分量。至于分量有多少，那就在于掂量的人。好比天井山一游，仍想着下次何时再来。

　　路旁，一阵馨香。四月，桂花飘香时。小小的花朵，含着初夏呢！倚在季节的肩膀，看一场山水粉墨登场，心里禁不住生出几许的清爽和惬意。略略地怔了一下，一转身，发现自己竟然还在路上。

天井山

　　大同镇天井山，海拔一千一百三十八米，离城十三公里，与江西瑞金石城相邻，素有"鸡鸣两省三县"之称。天井山常年雾霭袅绕、仙气逼人，自然风光十分秀丽，珍稀动植物繁多，森林覆盖率达百分之九十三以上，是大自然的天然氧吧。著名的景观有石惊古木、雄狮下山、仙女瀑布和美人瀑布两座、仙人湖一处、仙人下棋一处。人文资源也十分丰富，现存古驿道、古客栈、古民居、古道观遗址。据《汀州府志》《临汀汇考》《长汀县志》载：古代文人士大夫郭祥正、上官周、魏际瑞等人，常常来此地品茗呷酒、吟诗欣赏、饱览风光。

醉美汀州

冬天的日子，黑得有些早。天边翻晒的那几朵云儿，还来不及收藏，天就暗下来了。

出差，晚住厦门。电视机前，端坐良久，细细盘算着明天，该如何陪着远方的客人，以安排紧张的时间。天气预报说：明天，气温明显下降，温度在 10 至 18 摄氏度。一下子，让寒冷撞疼了一下腰。站在窗口，外面的光线很是模糊，模糊的有些零乱，只是一些轮廓，如灯下的电线杆，透亮的窗户，反而凸显得更加分明了。难道，模糊也要有衬托？也算是一种境界？风，钻过了窗沿的缝隙，慢慢地跌落在身前的不远处。我，省下了一个弯腰拥抱的姿势……

"祝生日快乐！"来了一条短信，寥寥几字，入了眼里，却是暖暖的。

"谢！我自己都给忘了。"这惊喜，来得有些突然，以至于没有间隙感慨这幸福的日子。一声"谢"，显然轻薄了那份情意。

"明晚回汀不？邀几人庆贺。"

"许。"只简短地回了一个字。心想，应给自己激动的心情找个湿润的出口。只是，模棱的态度，不知是否会怠慢了友的那番美意？

"现，在哪？可好？"又是一条短信。言语，碎碎的，话头层叠，似乎绕过了好几个转折。细嚼慢咽，说实话，还真怀念这样温润细腻的字眼。

我不再回信。嘴角的微笑，分明自己也能感觉到。站在屋里，来回踱步。灯光，柔和，浅淡，让自己的影子短了又长。不知，这样的灯光，是否能照

出一个真正的自己？光线，直直地走，撞上了玻璃，轻轻地回头，兴许还有着少许的疼痛。心绪，也被一条似明也暗的外套，包裹着，越来越瘦。忽，惦念你了。

手机里，链接着一曲轻音乐《雪之梦》，柔软，恬静，优美。声线，绝不输于那勾魂的禅乐。选这样的曲子，是为了博取寒冷中的温暖？还是幸福中的一种自我陶醉？轻轻一笑，以博取自己的奖赏。很多日子来，似乎早已习惯了生活的随性。或文字，或音乐，悄悄地把自己潜在无比美妙的通透寥廓中。写着，或听着，是一种享受，也自由自在地幸福着。

电话响了。是不是因为没有接到短信的回音，才让你下决心按下电话的数键？难道每一句话的后面，只有用了句号才能作完整的结束么？

屏幕上叠出了你的名字。一愕，一呆，一暖，忽有几许湿润划入眼中。心里默默地念着。不知，会不会喊疼一个人的名字？"生日快乐！""我已收到你的祝福短信。""我知道。""那你还电话？""我只想亲口说一遍。"握着手机，半天也说不上一句话。"没事，你忙。"对方挂了电话，却分明是藏匿着那份深深的懂得。曾看过一文：懂得，不必言语，不必刻意，有时，只需浅浅一个微笑；懂得，不必解释，不必逃避，有时，只需轻轻一声呼唤。

写得真是好，非常的确切。懂得，是无声的，也是有声的。往往，一段对话，一篇文字，就可以走进内心深处。彼此懂得，是心情，欣赏，更是心灵的默契。

缘，是多么美丽的相遇，而懂得，又是多么美丽的缘。不管开心或悲伤，都可以在心底温情拥抱的人。心的相近，是一种难得的柔情。有一个愿意懂你的人，一定很幸福！

玻璃窗前，只这般注视着，注视成一个微笑。原来，这一瞬，竟是眼底、心底的一幕的切合……

汀州古城

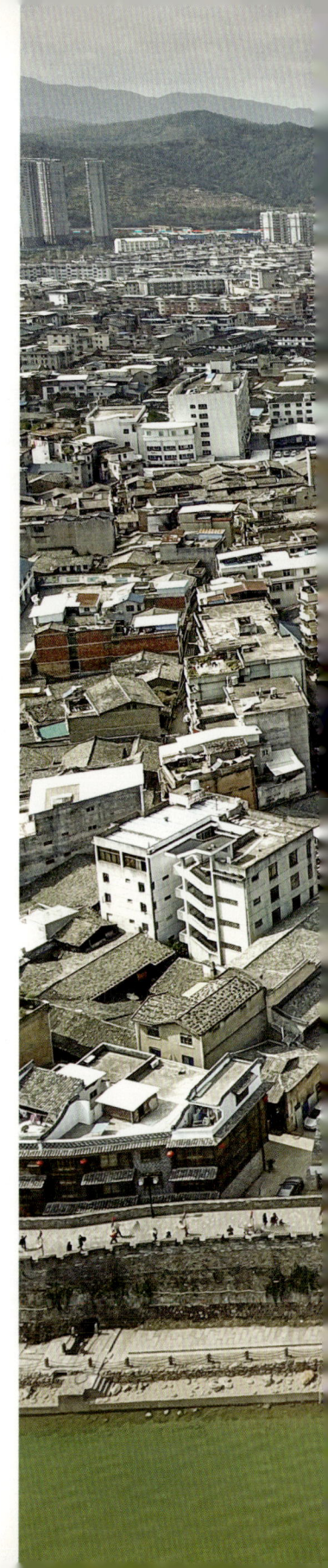

有耀眼夺目的山川锦绣,更有热情好客、勤劳纯朴的人们。汀州,是一个温馨而亲切的名字。不仅有千年不老的历史古城,

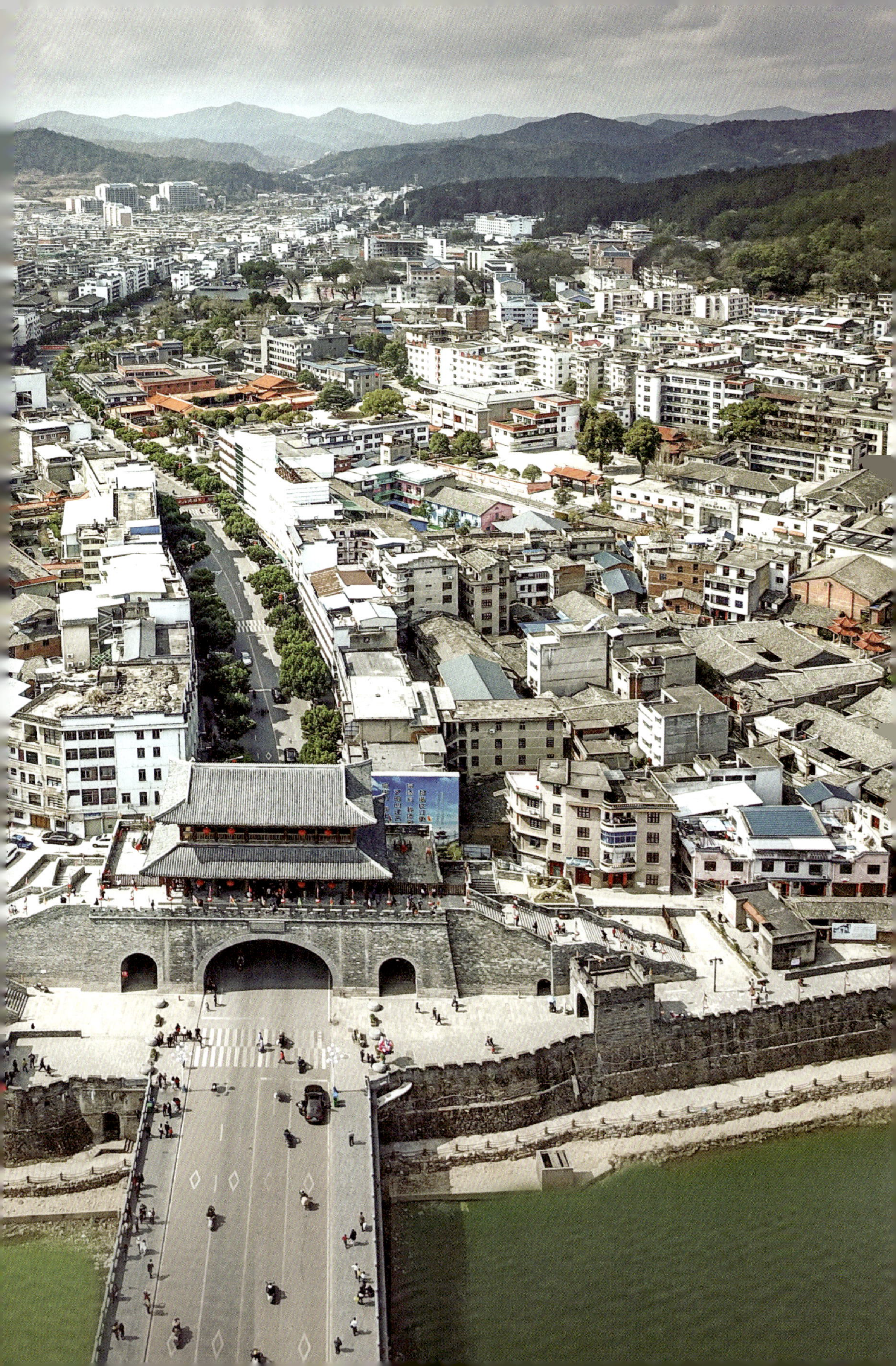

神秘赤峰嶂

对赤峰嶂的兴趣,竟来自许多神话故事和优美的传说。流传已久的故事、传说,不仅生动,神秘,而且还蕴含了许许多多做人的道理。让人陶醉,也让人受益。窃以为,这才是最富感召力的地方。

择日不如撞日。说走就走,只带一人,轻车简从。当然,事前已经有人对这座名山作了简要的介绍。他说,赤峰嶂,扬名已久,地处河田、童坊、新桥三镇交界的崇山峻岭中,海拔高达1032米,站在山顶可以看到很远很远,尤其是赤峰嶂的山形,长得很是特别,峰头如雄狮,仰天长啸,所以被人们称之为"仰天狮形"。他还说,一些文雅之士,发现赤峰嶂绵延百里,与策武乡的东华山彼此相连,遥相呼应,便编出了"狮头赤峰嶂,狮尾东华山"这样形象的顺口溜。可以想象,这是何等壮观的大景致啊!

(一)

沿途,山高林密,幽谷深崖,峰峦叠翠,风景秀丽。走在前头的带路人,一路欢笑,也撒下了一路神话。美丽的传说故事,总是把我的思绪带出窗外,带过山峦,带到很远很远。或许,这故事,这传说,本身就是一种向往,一种追求。陶醉中的我,提出了这么一个疑问:赤峰嶂是座山,怎么会有那么多关于石头的传说呢?带路人兴致勃勃地说,在很早以前,有一个学法术的人,经过几十年的修炼,终于练成了出神入化的本领,已经能够像赶羊群一样,轻而易举地把山石驱赶移动。直到有一天,有人告诉他福建之所以出不了天子,是因为九龙江的水直接流向了大海,江里的九条龙全部游走了,当然聚不了龙气，如果能够把九龙江的水堵住，让江水往北流，那么福建就肯定能出天子。学法术的人信以为真，就口中念念有词作起法来，不一会儿，呼风唤雨，真的把西北边的石山赶往了九龙江。可是途经汀州的时候，有一老头告诉他父亲死了，要他赶快回家料理丧事，他心里暗想，家中还有其他兄弟，自然有人会去打理，就不予理会，继续驱赶石山。可是走到河田附近，又有人告诉他，他的儿子患重病快死了。他一听到儿子病危，连忙赶回家中。当发现父亲、儿子都很好时，才知道是上当受骗了。当他返回赶石，石山已经驱赶不动了。那些被赶来的山石，就停留在了赤峰山上，成了牛牯颈的"击鼓石"。

听的时候，心蓦地一惊。这个传说，把虚无的情节，不经意地缀在一起，就编织成了一个美丽的期待。这份重，就这样悄悄地落在了过往行人的心里。或真，或假，无关紧要，但这中间，便是深深地记得。很多东西，无从表达，无须探究，却格外的美好，静定在了心里，就会有一种不必言说的陶醉和幸福。

传说讲完的时候，我们已经接近了赤峰嶂的山顶。

（二）

路前方，有一开阔地。路旁建有一亭，匾额"聚贤亭"。下了车，饶有兴趣走了进去瞧瞧，没想到进去一看，亭内到处都是牛粪，这里一处，那里一堆，臭气熏天。褐色的屎壳虫，从堡垒里窜出，竖起两根小触角，逼人的眼神，撞得人直不起腰。带路人说，当地的村民，已经习惯把牛放养了，结果满山遍野地瞎跑，走到哪吃到哪，当牛群发现了这个遮风避雨的好去处时，自然把它当成最温暖的家。一听到这个"家"字，心突然有一种莫名的触动。"家"。这个字，真的很好。是一种暖暖的质地。在孤独寂寞时，只要轻声念念这个"家"字，就能清晰地感觉心音的跳跃，且有着春天暖阳般特有的光泽和味道。不屑说，无论是在近处远方，还是在咫尺天涯，只要有了这个"家"，只要有了这个"家"遮风挡雨，心里就会踏实许多，是心存感激的。至此，对亭内的零乱与脏臭，全然没有了厌恶感，而是变成了一种亲近，一种从心底里涌动而出的温暖和笑意。

站在公路边，带路人指着半山腰的一条崎岖小道说，以前的赤峰嶂，地处偏远，没有公路，香客进庙上香，从山脚爬到山顶，要登上四千多个台阶

呢。这种毅力，这种执着，我无法解释，或许这就是一种信仰，更是一种寄托。于我，眼前的青山绿水，就是美丽的收获。伸出一只手，立在那条偏僻的窄径上，与远近绵延的山水轻轻相触。闪进眼眸的，是那打翻的绿意，点点的漫溢，从山腰到谷底。诗意的湿，沾着我的目光，一切，都在慢慢地渗透，任随张扬的思绪游走。停歇在叶片上的阳光，呼吸着温润的空气，轻轻舞蹈，似乎可以听见大声的喘息声。从前，我害怕秋天，那是因为害怕那萧飒的情景，会惹出许许多多的伤感。而今天，看了满眼的苍绿，竟也惹出了笑声，把灿烂塞满了整个夏季。咀嚼着清新的滋味，我说不清其中鲜美的感受。只能用手紧握一束诗意的语言，让清爽的心绪，撑起心中那一泓无言的静默。如果，你此刻也恰巧经过，一定会和我一样开心，在微笑，微笑的出声。

人在草木中，或许我们都是流浪的过客，只是脊背后镌刻着不同的烟火。一转身，日子便落在了路过的风里，风景里。来了。去了。

带路人说，从这里到山顶的赤峰寺，只有几百米的行程了。于是，我们决定放弃坐车，沿着崎岖山道向上攀登。

(三)

见到赤峰寺了。红墙映翠，黄瓦灵毓，飞檐翘空，盘踞在峻峰之巅。寺庙下侧，过道的路边，有一棵野柿子树，向我们招手。红透的柿子，像一个个小灯笼；青涩的柿子，像一双双牛眼睛，尚未成熟的面孔，卸下了惶恐的眼神，紧抱着怀里一个叹词。苍老的红豆杉树，在旁边若无其事地站着，细数着闲悠的日子。很喜欢清透的阳光，洒满树冠。散乱飞舞的光线，缠绕满树的青绿，成为彼此的衬托。

赤峰山顶，静默而孤独，唯有山寺陪同，偶尔的青烟升起，才让人感到有一丝活动的生机。四周远眺，群山绵延，错落对峙，形态万千，绿的树，黑的崖，白的雾，神妙莫测，相映成趣。站在山顶，俯瞰群峦，更加彰显一种登山绝顶、临危高居的威仪。寺庙，就建在山顶上，历经风雨侵蚀，一些墙皮已出现开裂、脱落，斑驳陆离。诗人说，岁月，就像一圈圈永无休止的年轮，在一月一日流动的光芒里，把曾经的美丽，最后都镀上了一层古老和沧桑。这是正常的。无须伤感，也不必抱怨，这是亘古不变的自然规律。历史的积淀，就是把匆匆的时光，日积月累。有天晴的阳光，也有阴天的雨落，所有，都需要承受的。人也一样，除了收获开心和欢乐之外，还有一些忘不了的和放不下的，总会在不知不觉中沉淀下来，一圈又一圈，镂刻在离灵魂最近的地方。当有一天在镜中惊讶地发现自己褶皱的容颜时，才会明白沧桑原来也在年年留痕。

寺庙的门楣上侧，是"赤峰嶂古寺"几个大字。两侧有一对联：名山秀色迎嘉客，古刹钟声醒世人。这座古刹已经十分悠久。带路人说，史志记载此山寺建于北宋初年，原先被称为沙篱古寺。心有一问，怎么会把寺庙建在山顶？他说，这里有一个故事，相传宋正德年间，有一钟姓商人夜间山下路过，远望峰顶有三处亮光，待走近时发现却是三个大石头。商人非常惊奇，暗想定是佛光显现，并祈之所求。不久果然如愿，于是延礼塑身移奉入庙，并称之为"三太祖师"。传说，总是美丽的，且诉诸某种形式而流传了下来。而之所以，能够口口相传下去，并经久不衰，自有它存在的道理。因此，不需要去拷问什么，也无须去追寻什么，权当是一种美好的记忆吧。商人，在走过人生的巷口拐弯后，回头探找自己的脚印，或深或浅，然后以一颗感恩的心，深深一躬，建起了寺庙，以表达纯净的愿望和微微的祝福，也就足够了。

进入寺门，才发现走的是侧门，与殿堂正位成了九十度角。为何如此设计？或许，这就是地理风水玄妙之作。整座殿宇，是传统的上下厅布局。上厅是大雄宝殿，供奉着诸多神仙。在下厅，则摆放了许多桌椅，应是拜庆聚

会的场所。在另一侧的横屋,则是僧舍和厨房。带路人说,原先这里供奉的是三太祖师,后来又请了佛祖、妈祖、玉帝……呵呵,这么多神仙齐聚一堂,是真够热闹的了。里尔克的诗集里曾有这样一句话:彼此互相接触,用什么?用翅膀。尤爱这句,那是心灵的语言。用这样的一行文字,可以诠释神仙们的宽容与大度,慈悲和友善。至此,你与我,彼与此,便能和谐相处了。浮生清凉,风烟俱净,或许就是一境界吧!

站在堂屋里,向寺门远处看去,发现这是一处非常奇特的风景。三座山峰,绵延相靠,并肩而坐,神采飞扬,镇定自若。很喜欢这样的山峰,浑圆,深沉,和在夏天里,跌落的那份清凉。和它对视,是一个千年的守望。山脉的褶皱,喜欢山的影子和沉思,以及山头上尚未褪尽的阳光。波浪式的色彩带,且淡且浓,似涟漪,和一种无法言说的东西,相互抵融,相互渗透。或许,不久之后,流淌的将是一曲天籁之音。很幸福地迷恋三峰伟岸的胸怀,以及俯低下来拥抱的姿态。它们,撼动了我,它是自然流淌出来的,却是惊了心去。

(四)

早就听说寺庙对面山上的半山腰,有一处非常出名的"出米石"。对山顶的美丽景色,来不及细细品味,便沿着山梁的一道小路匆匆下山。走过"U形"小径,便来到了"出米石"。所谓的"出米石",只是一块大岩石罢了,岩石中间的小洞,早已被尘土覆盖,模糊不清了。旁边,有后人立下的一块石碑。碑前,有不少香烛。燃尽的,剩下一茬黑黑的头;没烧完的,仍密密挤挤地挨着。中间的碑文出现残缺,慢慢清理,仔细端详,前言搭上后语,才勉为其难完整了全文。碑文如下:赤峰嶂庙祖师三,唐代始建神通广,朝拜信士如人海,神石出米供三餐,峻岳神米何方米,湘洪桥下湘洪糟,湘洪糟里沉船米。

或许,香客们曾有的亲近与尊敬,用香,用烛,都是一番心意。只为,用心的期待,从心里舀一勺愿望,来兑换一种在或不在的情怀。这不由让我想起,每年回老家扫墓的情景。就那样,在祖辈的坟前,烧上一炷香,点上一对烛,说几句想说的话,然后在地上画了一个开口的圆圈,点着了冥币。外面扔了两张,是送给鬼差的。剩下的都燃在了圈内。透着火光,不停地翻转着纸钱,努力让它彻底燃透。口中还不停念叨着:"××,快来收钱吧!"

虽然我不知道，先人是不是真的可以收到这冰冷的银两？但是，于我，是收下了一份心安，收到了先人们赋予的幸福和满足。我不是唯心主义者，但觉得这样做了，了结了一个完美的心愿。脚下，有好多灰烬，还特地嘱咐家人绕着旁边走过，不要踩疼了与先人说话的路。如此，感觉与先人又再次走近……香客与"出米石"，许也是这样走近与依靠吧！

带路人见我对"出米石"的专致，兴致勃勃地介绍说，相传这个"出米石"非常的神奇，岩石中间有个小洞，每天会自动流出大米，但流出的量，仅够供应庙里的和尚及香客餐用。人来多了，出的米就多，人来少了，出的米也就少。到了宋朝，有一个贪心的和尚，异想让石洞多流出大米，就想把洞口凿大，结果那一凿下去，"出米石"就不再出米了。可是，石头里的大米，又是从哪里来的呢？他说是汀江河运载大米的船只，因遇上大风大浪翻船后，船上的大米便主动从赤峰嶂的"出米石"流出。传说，尽管离奇，却十分有哲理。它明白地告诉了人们一个道理：贪，乃万恶之源。人，性本善，但受到污染后，也会产生贪婪。公元前六世纪的巴门尼德，就曾把世界分为对立的两半。光明，黑暗；优雅，粗俗；温暖，寒冷；存在，非存在。一半是积极的，另一半则是消极的。对立的两个一半，在某种条件下又是可以转换的。所以，人，还是要靠自己，靠修行自己。人生如何走，其实路就在你自己的脚下。

斑驳的阳光，慢慢地钝疼。空灵着心，喜欢那种似语非语，细数静默的味道。树叶，在慢慢地飘落，无须再告白什么。而我，已经省下了一个弯腰拥抱的姿势……

（五）

绕过"出米石"，决定继续往前走。

一条小道，沿着山脊向远处不断延伸。从小道两侧的杂草和路面的磨损可以判断，这条小路还是经常有人行走的。带路人说，这条小路可以直接通到童坊镇，那一带许多百姓到"赤峰寺"朝圣，就是走那条小路上来的。小径，清幽，恬静。走到另一个山顶，回过头往赤峰嶂看去，才发现寺庙的山脚下有一片郁郁葱葱的黄松林。

带路人说，在清朝年间，有一位从安徽云游前来的普慧法师，被赤峰嶂的奇石、奇景所陶醉，曾留诗一首："赤峰巍峨直耸天，仙山琼阁在眼前，山

不醉人人自醉,我愿赤峰添新颜。"有一天,在庙前的石板上打盹时,忽梦见一个白发苍苍的老人,笑呵呵地对他说:你若能回到安徽黄山取来迎客松种子,在此落地成林,便是功德无量。惊醒,老者不见,知道是神仙旨意。于是,连忙启程回到安徽黄山取回迎客松的种子,撒播在赤峰嶂。过了几年,一片片黄山松便茁壮成长,成了赤峰嶂又一美景。

看那林子,阳光正一点点穿透枝丫的缝隙,风儿那么一摇,就流泻下来,落地,种下了许许多多美好的愿望。就这么固执地站着。屏气,感觉满树林空气的温润和树木的清香。语言,全然被淹没。心甘情愿地,跌倒在了依然炎热的八月。在无休止的风撩声中,仍痴迷去寻找一些隐秘的来由和去处。

赤峰嶂

地处长汀县河田、童坊、新桥三镇交界的崇山峻岭之中，海拔达一千零三十二米。这里山高林密，深谷悬崖，峰峦叠翠，风景秀丽，颇多奇景奇石，尤其是出米石。山顶建有一古寺，主祀观音、定光、伏虎三神，合称三太祖师。有关赤峰嶂的美丽神话和传说很多。

雨登龙华山

友说，羊牯乡的龙华山，风景十分秀丽，有华山的险，黄山的云，青城山的幽，九寨沟的水。如此美景，像我这样热衷于青山绿水的美妙与娴静的人来说，绝对不可能轻易放过。

（一）

刚刚迈过立秋的坎儿，一行人下乡来到了地处长汀南部与上杭县交界的羊牯乡。办完了正事，寻个闲暇的空隙，决定一起去爬爬龙华山。

可是，老天并不作美，从城里出发，雨就一直下个不停，老天倒是像漏了底，似乎没有留下丁点喘息的机会。

上羊牯乡政府的办公楼，在二楼楼梯的转角处，发现了一幅巨大的龙华山风景画。山峰巍巍，林竹葱葱，整体山形酷似鲲鹏展翅，气势不凡，果然名不虚传。如此美景，怎能不叫人心动？

乡政府的同志说，龙华山，山高道窄坡陡，雨天路滑，怕是不好爬呢，就是登上了峰顶，云里雾里，估计也看不到什么风景。善意的提醒，并没有动摇我们登山的决心，而是用另一种方式安慰自己：雨中登山，兴许别有一番风景，另外一种收获呢！

小车，在崇山峻岭的小路上盘旋。茂密的森林和竹海，就像一个神秘的魔术盒，变幻莫测，让你享受无穷。山风，推着云雾走，东奔西窜，在山穷水尽之际，又突然柳暗花明，让我们感到眼前的路，永远都走不到尽头。七拐八弯，走了二十来分钟，总算来到了龙华山山脚下的一个村庄，村名叫百丈村。错落的梯田，橙黄的稻子，青绿的菜园，孤寂的老屋，劳作的乡民，清亮而优雅。一群鸭子，在路中间逍遥漫步，悠闲自在……

不远处，一座用巨石垒起的大山门，拦在了路中央。上方的"龙华山"三个金色大字，耀眼夺目。进了山门，算是进入龙华山风景区了。再走几百米，汽车只能停在了一座颇具规模的仿古建筑旁边。雨仍在下，淅淅沥沥的，打在屋前那几口清澈的水塘，水面瞬时便皱褶了。匆匆的落脚处，雨滴溅起了一串串行人丢落的怨言。带路人说，这个建筑，将来就是游客服务中心，是一位从羊牯走出去的成功企业家刘灿回乡投资兴建的。他还接着说，这位企业家已经在龙华山景区投入了几千万元。就凭这，我们应当为他喝彩，为他点赞！

天空还是比较暗，把乌云压得很低，显得十分厚重。仰望山上，是一片云雾朦胧，看不清原来的景致。带路人说，要是平时，站在此处看山形，最好。今天是无缘了，心中不免留下一丝遗憾！

沿着客服中心背后的水泥道路，继续前行一百多米，便是一座大雄宝殿。只是现代的。规模不小，殿宇亭阁都是仿古建筑，翘翅飞檐，琉璃覆顶，里面供奉的神像，个个仙风威仪，神情若然。有人说，在所有风景秀丽的名山里，都会有庙宇。这个我信。神仙嘛，自然跟我们这些凡夫俗子有所不同，这样偏僻清静的好地方，也绝不是你我一般人消受得起的，送一个窝，量你也是不敢去住的。另外，深山老林，与俗人保持一定距离，不受世间繁杂的干扰，也是修行人士需要的一份清静。我对这些，不感兴趣，匆匆走过，便从大雄宝殿左后侧的小路开始登山了。

（二）

这是一条由石头铺砌的小道。弯弯曲曲，顺着山势而筑。小路两边，是古树和翠竹，枝繁叶茂，遮天蔽日，把小道挤成一条狭窄的绿色长廊。清气袅袅，每一次深呼吸，都是一种甜美的享受。雨稍停，便拾级而上，踩在潮湿的鹅卵石上，脚底不时会有打滑的感觉。挡雨的雨伞，此时竟然成了行走的拐杖，而且十分受用，这是我们始料不及的。带路人转过头，笑着对我们说：雨天登山，这么多年，他还是第一次呢。或许，这就是成就于所谓的"执着"。正因为我们的坚决，才有了雨中登山的人生体验。行进的小道上，调皮的小鸟，只打了两声招呼，便一溜烟钻进树丛不见了。倒是机灵的小松鼠，蹲在树冠的枝丫上，摇头晃脑，眨着小眼睛，打量着我们这群匆匆而过的客人。毛竹挨挤，老树发呆，野草放肆，山花盛开，古藤缠绕，小鸟优哉。身临其境，仿佛就在盛夏的季节里，享受着清泉的沐浴。那种美妙的感觉，

那份清澈的宁静，淹没了自己，以固有的姿态，审视这别样的静默。此景，正合我的心境。真的，很喜欢那种淡淡的味道，静，空，且简单。就像平常突然喜欢的一个词，揣摩了半天，也舍不得放下。喜欢，是不需要理由的。这样的地方，或许会一直让人怀念。

山路遇上了巨崖，只好绕道而行。一些路段越来越窄，越来越陡，仅够一只脚的位置，同行们感到越来越难走了。呼吸也不由渐渐急促起来，发出了"吭哧，吭哧"的喘气声。崎岖的山路，因了雨，路滑。"小心点，这个拐弯不好走""可以抓住路旁的小树。"大家彼此谦让着，关照着。留在心里的，是一个温暖的雨季。这让我念怀，让我回想。

到了一凉亭。雨点敲顶，轻风拂面，云雾飘荡。这样的场景，挺适合联想。眼前，弥漫的雨雾，已经把视线慢慢熏醉。调皮的树冠，偶尔也会从雨雾中钻出来，在缥缈的雾海中露出半脸，给人感觉是那种难以企及的美丽。如宣纸上泅开的青墨，浓浓淡淡，恰到好处。回身仰望主峰，依稀的山形，已变了原来的模样。山腰突出的悬崖，带路的说像是苍鹰的头，侧上方的山脊是巨鹰的翅膀，可我怎么看也没看出什么模样。或许，景由心生，景在心中。

（三）

翻过一座小山梁，走一段小土坡，便开始攀登陡峭的山路。小路，贴着崖壁，外边是层叠流动的浓雾。山风，在耳边呼呼叫个不停，带着煽情的水珠，四处莽撞。视线，不到脚底，看不清路的下侧，究竟是山还是崖，是深还是浅，仿佛飘到了另外一个世界。不规则的，狭窄的，凹凸不平的石阶，让脚掌左右为难。此时，不得不手脚并用，不时还得借助旁边的铁栏杆、石壁或树枝，向上攀爬。把每一步都踩得踏踏实实的，生怕"一失足成千古谜案"。带路人说，我们现在所处的这个地方，就是"天子壁"。

"浓雾散开了，你们大家赶快看。"随着一声叫喊，埋头爬山的大伙惊奇地发现，身后的茫茫大雾，转眼间怎么说跑就跑了呢？飞翔的雾气，淡薄清凉，合人心意。正如诗人所说的，是诗意的栖居。

"好有福气哟，有点天门洞开的味道呢"，带路人乐呵呵地说。猛然发现，在我们的脚底下竟然是一座十几米高的断崖。其中一同事，惊恐万状地靠向小道的内侧："太恐怖了，原来脚底下的悬崖是这么险要，我都不敢往下看了，一看头就晕，魂都会飞掉。"说实话，真的非常险要，往下看，会让你的两腿发软。

"这风景，真是漂亮啊！"不远处，危岩耸立，千姿百态，沉默不语。楠木等杂树，旁若无人似的站在石缝间，或旁逸斜出，或婆娑起舞，很是招摇。正前方，是绵延的群山，碧绿的田野，星点的村庄，清澈而干净，洗涤一遍似的，俨然一幅美丽的风景画。带路人指着不远处的山峰说，那座山的底下有个观音洞，面积足有两百多个平方米，非常宽敞，是长汀目前发现最大的天然岩洞。构造特殊，不是那种容易侵蚀的石灰岩溶洞。

雾气说来又来了，就像一道布帘很快就拉上，来不及细细品味这美丽山川带来的快意享受。带路人说，天门关上了，出发吧。他指着下侧的一条小道问大家：想不想去一线天？若想去，必须先下到半山腰，然后从山中的一条石缝间再往上爬。

大伙儿决定放弃这个探险的计划，说留点小遗憾吧，下次再来。

（四）

历尽千辛万苦，一行人终于攀上了峰顶。

自古有"羊牯龙华山，离天三尺三"一说。这一句，以词释义，似乎像在表达龙华山的山之高、山之峻，但细细想来，倒也不尽然。有一词"山不在高，有仙则灵"，窃以为，应当算是比较完美的注解。果不其然，带路人兴致勃勃地说，这山顶不到三十平方米的平地，相传是杨文广的练马场（汀州史书说到了这个典故）。山顶的四周，都是悬崖绝壁，"悬崖勒马"一词也是由此

而来。究竟是真，还是假？无所谓了，只要那一份想象与美好，便足够了。

高处，其实并不孤独。周边虽然没有粗壮的树木，却有一片知性的芦苇和害羞的杂草，随着山风轻轻舞动，就像浪漫情诗中所描写的那一低头的温柔。这种从诗经中走出蒹葭苍苍的情调，是别样的，让人迷离沉醉。当一缕风，穿透肌肤，融入血液的一瞬间，心真的也醉了！

四周，雨雾蒙蒙，翻腾，浩荡，如汹涌的波涛，骇浪叠加，又如奔腾的万马，左冲右撞。雨雾的颗粒，似乎是可以看透的，飘浮其中，伸出手小心而有点惶恐地摸上去的时候，感觉与遥远的时间隧道连接在一起了。在那个时间，那个空间，置身其中，如临魔幻仙境，说不清楚的惬意。那种激情，那份柔美，婉约了一生的寻找，只能静下心，用心融入，细细地品味，体验着灵魂的悸动，才能揭开面前这层最美丽的面纱。如此美妙，引得我忍不住仰天大喊一声"我来了"，没想到，话刚从口出，瞬间便被山风抢走，消失得无影无踪了。心里在暗笑自己，我等凡夫俗子，如何才能够紧紧拥抱这伟岸的龙华山呢？或许，只是心里一种奢望罢了。我很吃惊，同行趁我不注意的时候，按下了快门。那张照片，简约，超脱，忘乎所以，却成了我心中的挚爱。

友说，他看过一书，说人与自然的关系，也是需要达成一种默契的。有了那种默契，缥缈的浮云，可以映衬你时光的波纹；清澈的泉水，可以当一面镜子把你投入到水的怀抱里；日月星辰，可以点缀你无垠的天空；高山流水，可以氤氲你不曾遗失的梦吟。如此说来，我是否已经有了与龙华山的一种默契？在默默无语间，用一纸扉页，以你的背景作为封底，书写一行心情标题，演绎着我为你陶醉为你折服的至美故事。在一声轻唤中，在一个回眸中，如同一支彩笔，穿越时空，把你的容颜永远留存心间！

（五）

山的另一侧，接近山顶的山腰间，建有一座山庙，供奉着西方三圣（阿弥陀佛、观世音菩萨、大势至菩萨）。远远看去，规模不小，琉璃黄瓦，飞檐翘楚，富丽堂皇。进入殿内，却发现灰尘覆盖，蛛网缠绕，物件杂乱无章，了无行人踪迹。为何会如此荒凉？究竟是神仙遗弃了臣民，还是臣民远离了神仙？

感受寺庙的寂寥时，我看到了树叶的宿命。风过，落下，轻轻的，六神无主。受到冷落的叶子，即使费尽自己所有的气力，在风里作无畏地挣扎，也无法改变自己的命运了。要么被人拾起，看了几眼，收藏了，算是幸运。

要么就这样无声地趴在地上,等待的是漫长的寂然,然后枯萎腐烂消失。友说,没有文字不能抵达的地方。当笔尖将一个景物细细划开后,你就可见那些怜悯的文字,还有那些断断续续无法倾诉的语言。一如,眼前的庙宇。

　　走出殿堂,沿着右侧的一条小道继续前行,走过五六十米,发现一块巨大的石头,拦住了去路。走近,俨然一个天然的门户。内侧的石壁光滑平整,像是用斧劈刀削似的,十分工整。这就是有名的天门石。带路人站在门口介绍说,以前,天门石壁上的左右两侧,各有一条拇指粗细的石缝,形状如石眼,细细的泉水,就从那石隙中汩汩流出,然后在"门"前汇成一股清泉,甘甜可口,沁人心肺。当地人把这个泉眼叫作石心泉。只可惜,后人自以为是地在石门里安放了一座石雕水神像后,泉眼便不再出水了。我们好奇地探着头,沿着水的痕迹,寻找到那个神秘的石缝后,发现流出的只有滴滴泉水了。这不能不让人遗憾。路上,带路人还给我们讲了一个关于石心泉的美丽传说。他说,很早以前,天门石乃龙华山仙府的门户,每隔九年的九月九日开放一个时辰,让孝男孝女进府讨取仙药救治亲人。山下有一户兰姓后生,为救病重的老母,前往龙华山仙府讨药。因耽误了时间,赶到天门时石门已紧闭。于是,重返山下,一步一叩首拜上山来,膝磨破了,头叩烂了,没有放弃。后生的孝心,终于把天门石也感动得流下了眼泪,硬是挪出一隙通往仙府的山缝。后生在天门石的帮助下求得了灵药。天门石流下的眼泪,从此化成了两股泉流,终年不竭。而那条峻峭无比的山缝,成了人们登山寻仙的天梯。听了这个传说,竟觉得冰冷的石头,也生出了融融的暖意。

(六)

　　绕过石心泉,往天门石右侧走,不远处,仿佛走到了崖边,没了去处,却不料"山重水复疑无路,柳暗花明又一村",就在疑惑之时找到了下山的"天梯"(看来这次是逆向而行了)。"天梯",就开凿在山的脊梁上,从上往下看,像一根笔直的尺子,梯级而落,首尾相接。隐约可见,台阶淹没在了云雾里。走在其中,恰似腾云驾雾,别有一番情趣。带路人说,以前的"天梯"非常难走,也非常危险,有的路段坡度高达七八十度,两侧又是悬崖峭壁、万丈深渊,走这样的"天梯",就好比走钢丝。不过,现在好多了,最难走的路段,外出乡贤出资已经修建了大理石台阶,两侧都有石柱栏杆护着,看起来没那么惊险了。初步估计,修好的部分有二百多个台阶。但已经是相当不易了。

走到半山腰，才发现上山容易下山难，上山一身汗，下山腿打战。此时，云雾散开许多了，放目远眺，侧峰的巨岩，酷似猿首，胸肌展露，十分的自信。山腰下，则是碧绿的原始森林和竹林，郁郁葱葱。深深吸一口气，然后再轻轻吐出，神清气爽，怡然自得。在这里，养眼，也养心情。

潮湿的小道，顺山势而下，千旋百转。因下了雨，潮湿了山路。暂歇于枝丫叶间的小水滴，冷不丁从天而降，嘲弄着你那蓬松的丛发。行走在这清幽的意境里，就像一条在深海里游弋的鱼，自由自在，享受着最为惬意的旅程。

俊秀的龙华山，我还会再来！

龙华山

位于长汀羊牯乡，海拔一千二百多米，有「离天三尺三」之说，山形独特，风景秀丽。游客赞称：龙华山兼有华山的险，黄山的云，青城山的幽，九寨沟的水。

龙下峡

找个空闲的周末，到龙下峡去看看美妙风景，是一件挺惬意的事。其实，早在一年前就已经策划好了，只是事务缠身，一直未能成行。

龙下峡，地处童坊镇的龙坊村。起先，别人告诉我那峡谷的地名是叫龙峡岬，到龙坊村后，当地的村民向导才做了纠正。他说，这个峡谷就叫龙下峡，因为它就在龙坊村河流的下游。再问他为什么现在许多人会把峡谷叫成龙峡岬呢？他一脸的茫然，说可能跟当地土话的谐音有关吧。

龙下峡距离龙坊村并不远，大约五里路，路窄，一半水泥路，一半泥土路，确实不太好走。从村部出发，车开到一半的路程，就要下车沿着山间小道徒步前行了。不过，走进这样原生态的小道，突然有一种亲近的感觉。掠过路旁的小树丛，竟能听见脚尖触地"沙沙"的声响，只是感觉如此的轻微。轻的，让人都不忍心踩痛了它。停留片刻，静静地站了一会儿，窥见了冬天的微笑。你瞧，近旁的弯水，远处的绵山，还有散落的村庄，是那么的透明，清纯，安静。呵呵，原来季节也是有表情的。头上有几朵云儿，跑在我们的前面，仿佛在引路，有点调皮，一会儿就跨越了那条河，接着又翻过了那座山。同行的人说，眼眸处，处处都是风景，花繁草翠，枝枝蔓蔓，简直就像是大千世界美丽姿态的组合。而我却一直坚信，心窗里才有风景，是一番知遇明晰于心底的风景。

走了二十来分钟，便来到了一座水坝。这座并不伟岸的水坝，把蜿蜒而来的河水，拦在了河道中间，然后悉数赶进了山边的水圳里。哗啦啦，哗啦啦，大声喧闹，旁若无物。仿佛狭窄的通道，把它们给挤痛了，大声呼叫"别再挤我了"，恰如一场灾难来临，都在争先恐后地大逃亡似的。或许，是开心的推挤，淋漓的发泄，大喊"太痛快了"，好比孩童时，寒冷的冬天，趁着下课的间隙，靠着墙壁你推我挤，取暖娱乐两不误，好生痛快。人生的梦，是不是如这河的断水？看到的，却不一定是真的，往往与感受不同。此时，空气里也长满了语言。

再走几十米，向导说：从这里开始，可以说就算进入峡谷了，峡谷最大的特点，就是两侧都是陡峭的悬崖，而且还绵延几十里呢。有那么长吗？或许没有人真正去丈量过，估算而已。接着，他指向了右侧上方的一棵松树说：你们看，在石头缝隙里竟然也能长出大树呢。这是一扇笔直的石壁，挺胸，傲视，冷冷地站着，而那一棵茂密的松树，就长在石壁的上方，俨然像一把撑开的大伞，在为它遮风挡雨。这不由让人心里萌生了一丝暖意。赏心悦目的，许是这无意的一瞥。曾收过友的一笺寄语："人生，不需要太多的锦上添花，需要的是雪中送炭。夏日的清泉，寒冬的太阳，才最暖心。"而这一瞬，竟是眼底、心底的一幕切合……

"走下来看吧，从这个角度会更好看。"同行的美眉，早就迫不及待地跑到了路面下侧的河谷。顺着她们踩出的小路，来到了河边。回头仰望，果不其然，一棵墨绿的松树，鹤立鸡群，独领风骚。背后，衬着几朵飘荡的云雾，俨然是一幅美妙的风景画呢。不同的视角，是不一样的感受。站在小路往上看，松树是巨石的伞；到了河边回眸，松树却成了小山的头。"不识庐山真面目，只缘身在此山中"这个诗句放在这里，算是最好的诠释。在美眉的眼里，风景或许不再是一般的风景了。人生，大体也是如此，同样的事物，换位思维，那又是另一番情景了。世俗难题的婆媳关系，如若婆婆把自己当成媳妇，媳妇把自己当成婆婆，考虑事情时都能设身处地地换位思考，社会便要太平多了！心静的自己，深深地吸了一口气，情愿以微笑的姿态，穿透静物的背景，感悟斑斓的世界。

峡谷的底部，是溪水经过的河滩。由于上游河坝的拦截，河里已经没有溪水流动了。裸露的石头，千姿百态，躺着的、靠着的、正在交头接耳

的……这里一堆，那里一处，懒散的姿态，和着表面那一层浅白的褴衣，表情呆滞，度日如年。几只小鸟，站在他们的肩膀上，柔情蜜意地劝说，苦口婆心，仍然提不起他们的一点点兴趣。难道他们就想如此荒度一生？早已消逝了圆润与风光，时间也无可奈何，带不走那些曾经痛苦的记忆。周遭的几处深潭，许是他们希望的唯一。随风起皱的波澜，仍在作深沉的祈祷：美丽的希望，只等来春！唯"希望"二字，瞬间让人瞥见了透明的灵魂，跌在满满的期待中。

　　回到岸上小路，继续前行。右侧的水渠，不厌其烦，一路相随。走在圳边时，听到的是一首入心的歌，有人却说它更像是作深沉的祈祷。一段明圳，接着一段暗渠，首尾相接，纠结，穿行，不停地在寻觅出口。明的圳，水腾草跃，笑语欢歌。暗的渠，水沉壁静，默默无语。有人说，生活是一次伟大的修行，有平坦，也有坎坷，有风光，也有挫折。我想就是这个理，简单、明了，却很实在。一如这水圳，困难的前头，就是希望，黑暗的前方，就是光明！捡了一块小石头，顺势扔进了圳里。善感的心绪，也跟着被扔进了水圳里，浸泡。

　　小路的左下侧，是顺山而转的峡谷，险峻，绵长。河对岸，嶙峋的岩石，从树丛中钻出来，不再害羞，做出不同的鬼脸。同行的人，说半山腰峭壁上的那块石头特像是一个男人，似乎还在想心事呢。像吗？仔细揣摩，还倒真有几分模样。那神态，孤独，静默，寡欢。居住在这深山峡谷里，仍在深情地遥望，作美丽的期待。有人说他可能是失恋了。许是吧。只有失恋的神态，才切合这种面相。谁都知道，多愁善感，不利于生理健康，更容易让颜面招来黑斑雀点，做人简单就好，生活宁静就行，谁都不希望有太多的复杂。但世事并没有那么简单，很多时候，那些放不下、想不明白的东西，时常会让你纠结于心，并不是想看淡就能看淡，想看轻就能看轻。只是如何以平静的心态去面对罢了。就好比许多被视为刻骨铭心的记忆,而在别人的心目中,却早已忘怀,云消雾散。

峡谷靠近河底的那部分,长期受到暴涨时洪水的冲刷,只剩下石头了,裸露着,没有规矩,东张西望。由于泥土的流失,草木也不愿意留守了。峡谷的上半身,是一层浅浅的绿,少了深绿的厚重。目中所及,很少见到大树的身影。杂树,藤蔓,已经霸占了这大片的荒山野岭。我对同行人说,这峡谷跟我之前的想象差距太大了,总认为在峡谷里一定是参天大树,枝繁叶茂,遮云蔽日,清静潮湿,没想到却是这番景象。村里的人感慨地说,原先这峡谷也是大片树林的,后来都被村民砍去种香菇、种木耳,渐渐地就糟蹋光了。日子,就此结茧。真是太可惜了!时光的崖石,映着季节,高声低语,被挤在越来越瘦的山坡上,盘点着不堪回首的往事。风起,叶子已经裹不住冬天的凉。

一只老鹰在空中盘旋,优美的翔姿,把我们的目光带过了一山一峰。以前老人常说,每只老鹰,都有自己一块领地,起码得有几十个山头。我不知道是不是真有其事,但相信只有青山绿水,才能留住这个精灵。当老鹰停在山崖的那棵树冠时,我们的视线也就定格在了那里。村里的向导说,就在老鹰憩停的那棵树背后的山坳里,有一个叫石背村的村庄,以前有五十多户,现在可能剩下不到五户人了。可以想象,这山高路陡,生活是多么的艰辛不易,远离这贫瘠的土地,到别处去谋生,也算是情理

之中了。没想到，同行的却感慨说："那山旮旯，偏是偏了点。其实也不错，空气清新，没有污染，吃的、用的，都是绝对的环保。""其实"两字，语气很重，像把尖刀，似乎想割裂世间的无奈，掺杂了很多复杂的情绪。脑海里浮起一个断句："当完美与残缺遭遇。"

一拐弯处。拦水闸毫不客气地把水挡进了内侧的水圳里。调皮的河水，跃过水闸的挡板，一溜烟便滑下了几十米高的悬崖。轰轰的跌落声，深谷回音。散落的水珠，四处飞溅。有人说，那分明是泪。应该是。小路内侧的石壁，是垂直的，在这里开挖水圳，不亚于开凿红旗渠的艰难。抬头仰望，一根钢钎仍留在了石壁上，只是那一段锈色，拽得人心疼。那是早年工兵开凿水圳时埋炸药的火眼。只是不知为何把钢钎留在了上面？是忘记？是故意留下？还是出了什么事故？不得而知。据村里向导介绍，这条水圳是供连城县境内的"714"电站引水用的，全长有十多公里，为了修这条水圳，一共死了十二个人。听到这个数字时，心"咯噔"了一下。崖壁上每一处痕影，都毫不客气地啃噬着未曾愈合的伤口。沉重的心情，仿佛穿了一件脱不掉的湿布衫。水圳边，小野花一簇簇，绚烂，纯粹，它们在默默地陪伴着这些英雄们，诉说着曾经的故事。死亡，虽然是人生的最终宿命，是一种不可抗拒的走势，但是不同的死法，却有着不同的姿态，或重于泰山，或轻于鸿毛。记下这些文字的时候，并不是想用一堆华丽的词汇使其耀眼或唯美，只是留下一份记住和对生命的尊重。河水，润浸在心，一片泥泞。

不再前行了。村里的向导说，到水圳尽头的电站，还有五六公里呢。留点下次吧。风儿，有点大，降温的节奏。寒冷装满了衣兜，打了个颤。

留取溪水，无头无尾。谁可随手删去曾悸动心灵的那一次舞蹈？唯有时光，斜倚清静，慢剪时光，打磨一圳水的轻语，有幽闭，也有深情。

龙下峡

地处童坊镇龙坊村河流的下游,全长约八公里,是第四纪冰川挤压形成的奇特地貌。两岸悬崖峭壁,奇峰对峙;山坡绿树成荫,山花烂漫;谷底清水倒影,相映成趣。山清水秀,景色迷人,吸引了众多游客前往探寻。

高田胜境

高田村，地处策武镇西南部的山麓里，偏僻，幽静。前往高田探寻神境，是受到一位好友的大肆渲染并鼓动成行。

高田，距离城区其实并不遥远，大概只有十五公里的车程。只是进山的路，弯曲，陡峭，行程中耗费了大量的时间，感觉中把路程给拉长了。曾经有人开玩笑说，那山路，看起来简直就像狗拉下的一条尿渍。用词、用句虽然不雅，却颇为形象。狗拉尿，从来就没正经过，东倒西歪。这条路，也是。不过，酒香不怕巷子深，此话修饰在这里，算是贴切了，正合高田的盛意。旖旎风光，美妙胜境，自然禁锢不住那些好奇而又喜欢探险人的脚步。

需要做一个交代的是，高田村由于山高偏僻，交通不便，农耕和生活条件都非常差，村民几年前就已经整体搬迁到策武集镇附近的麻陂村了。目前仍在山上坚守的，只有几个养蜂的、养牛的人，以及长期生活在这里不愿离开的几位老者。

栲花鹿角锥

途经策武镇，不远处，按照路牌的指示，右拐便开进了一条水泥小道。顺着山势，左绕右转，不到十分钟，便到了一座大山的山腰。山的高度在提升，视野在不断扩大，闪现的风景，也就变得越来越亮丽。

停下车。一眼放去，跳入眼帘的，是一幕浓墨重彩的山水画。叠靠的山峦，有高有低，看似随意，却错落而有致。绵延的线条，柔软而丰富，似乎一指掐下去，就能按出清澈的水样来。最是那颜色，撩人。你瞧，远的，近的，漫山遍野，这里一簇，那里一片，墨绿的树冠上，披上了一层白白的细

纱,白绿相间,煞是好看。多美的风景啊!

"是啥树种呀?怎么开得那么多花?"

"不知道,那花也长得怪,一串串,吊在树上,像是一根根长长的狗尾巴花。"

"我看更像毛毛虫呢!"

"吓人,好好的花儿,咋就变成毛毛虫了?"

呵呵,逗乐就行,开心就好。

串串的花,开在漫山的胸襟间,有着微晕如晖的温暖。一阵微风吹过,淡淡的清香,沁人心脾。几只小鸟,在不远处的树丛中,跳来跳去,叽叽喳喳,窃窃私语,对我们的光顾,始终保持几分警惕。又风起,叶子裹不住春天的凉。几片蜷曲的枯叶,从树上飘落,没来由的随心所欲。

本是阴天,躲在乌云背后的太阳却突然露脸,让我好生奇怪。捡起一碎砖,在水泥路上划出了一盘太阳,留了一个小口子。缺口处,是静静趴着的一方片石。这样的场景,静中有重,与阳光雕刻出的影子重叠。心中臆想:是否拾起落在路面上的太阳,然后一起做伴远游?心里却笑了。因为它的眷顾,让风景变得如此美丽,只是不知该如何安放才好。托在手上,生怕无意间滑落;驮在背上,又恐瞬间孵出暖阳,把那片绿意给烤黄了。清甜的空气

中，思绪不小心走远了。这里的静谧与幽美，每点每滴，在阳光下，于心的最软处，都变得分外醒目。暗想，眼眸处，若把它浓缩成一个湖，那处处便是岸了。

回城后，请教了林业部门的同志：满山遍野开的树花究竟是什么树种呀？他告诉我，花串长的是栲花，花串短的是鹿角锥，它们同属一个科目，又在同一个时期开花，所以远远看去，很难一下子分清哪一棵是栲花哪一丛又是鹿角锥。如此说来，算是争奇斗艳的姐妹花了！呵呵，树儿的闲情逸致，都知道去找个伙伴一起开花，才够有趣，才会热闹，更何况是人呢？对吧，一如今天同游的际遇。

在不经意间，有幸遇见了一场绿叶和白花的交集，许是人生某时某刻的一次小结。而季节的递嬗，不也是人生情感所需要走过的历程吗？每每看见满山的苍绿，很是让人羡慕。年年岁岁、岁岁年年，它们都选择在同一个季节繁茂、开放，但那种美好向往的感觉，每次都会让人产生别样的激情与渴望。

友说，我们这次来得真是时候，再过些时日，恐怕就瞧不上这么美妙的风景了。是吗？应该算是，终究是一个"缘"字衬底。许多事物，本来就是可遇不可求。于物，也于人。深情于此，就像落在深井里的叶片，刚刚好。以往，曾以为自己可以随心所欲飞行和奔逐，可今天，看来是浅薄了。为此，情愿做一个超脱的独行侠，让愉悦的心绪做一次漫长的旅行，在自己文字织就的粗缎上，随意游走，惬意而满足。

树的花，就这样狠狠地开了一季，灿烂了整个春天；又静静地落了一地，如愿了一季心情。许，这就是岁月。温暖过，经历过，轻轻地来，又轻轻地去，依然是淡然的，这样就很好！

园丁背

按照事先的安排，上山的第一个点应该是去高田村的老村部。可是到了一个三岔口，友人突然茫然了，该往哪边走呢？说没印象了，只去过一回。只好下车，去看看路牌。右边走，是去斗峰山和田螺坑。左边走，则是去园丁背。老村部是在哪个自然村呢？该哪边走？友说，我也忘了。呵呵，那就随便走吧，走到哪儿就算哪儿。

车沿着左边的山道，继续前进。路越来越窄，也变得越来越陡。友人惊呼：肯定错了，前次没走过这么难走的路，不好意思，我把路给带错了。话语中，明显带有一种内疚的语气。不碍事，没什么关系，本来就是出来放松心情，再探一处胜境不是更好吗？

路况不好，决定由我来驾驶，就凭着我有二十多年的驾龄。不远处，一堆滑坡的泥土拦在了路中间。友说，要不，咱们回去吧。能倒回去吗？路那么窄，仅容一部车通过，根本无法调头。没有选择的余地，只能继续前行了。轻轻绕过泥堆的侧面，总算成功越过。再行一段路，友开玩笑说，你知道我当时心里最想说的一件事是什么吗？我说，不知道。他很认真地看着我。我说，我真的不知道，又不是你肚子里的蛔虫。他笑着说，如果老天下大雨，再次溜方，把路全给堵死了，而且在这里手机又没信号，你说我们该怎么办？我说，那我们就野居，在这里当野人。同意，就当野人。呵呵，人有时就是这样，遇到一些小困难，心情乐观一点，其实也不是什么事。

路上，看到几位老乡正在竹林里劳作。路边，堆放了一批高矮不一的草苗。出于好奇，决定下车探个究竟。草是嫩绿色的，椭圆形的叶片，纹理清晰，恰似一把把芭蕉扇，相隔而挨，却显得有些娇贵和脆弱。友高兴地说，对了，就是这种草，叫细梗香草，宝贝，是一种抗肿瘤药材呢。看我感兴趣，他又滔滔不绝地介绍起来。他说，周边这大片的原始林区，就是细梗香草的原生地，为了发展林下经济，当地与市农科所进行合作，已经成立了中国福建（高田）细梗香草种植基地和研发中心，前景十分看好。那还真是不错，既能保护生态，又能发展经济。很好，应当点赞！

水泥路开到尽头了。也就是说，村庄肯定到了。停下车，环视四周，发现在这片荒山野岭中，在小溪对岸的山脚下，只有四幢破旧的老屋，孤零零地站着。疯长的野草，已经包围了老屋，肆无忌惮地吞噬着被遗忘的时间。突然，传来了几声犬叫，惊扰了深山的宁静。有狗，肯定就会有人家，这让我们喜出望外。捡起一根木棍，沿着狗叫的声音找去。在路的上侧，有一幢老旧的房子。前面那些边屋，已经破落倒塌了，屋檐东倒西歪。房的主人，就在不远处的山脚下种庄稼。他发现了有陌生人来访，站在那里，用疑惑的眼光打量着我们。此刻，天上下起了雨。房主人连忙往家里赶。我们也赶紧往房子跑。房子，没上锁，但门关着的。房主人，五十开外的男子，还算精神。见到了我们，便询问我们来这里有什么事？我说，没什么事，就是找错村庄了，沿着水泥路开着开着，就开到这里了。从侧门进屋，偌大的厅堂里，空落落的。右侧一张破旧的木桌上，放置着电饭煲、电磁炉，还有几个碗碟，

横七竖八,凌乱。有一个小碗,还盛着小半碗的旧菜,用一张硬纸皮盖着。左侧是一些木板和农具。中间,有一条木板凳子,却是脏兮兮的。我们以站着的姿态,轻松聊了天,也大体知道了他的处境。他是个单身汉,没有其他家人了。至于为什么没有成家,不便探问。许是家境贫困,无力娶妻。许是家庭原因,出现变故。现在,全村都搬走了,只剩下他一个人独自坚守着这座远离了尘世的村落。如何生计?不寂寞吗?他说,他放养了七八头牛,好歹也有一个对话的着落。那身边有只黑狗,似乎没见过多少生人,与我们保持着距离。可怜巴巴的目光,没有敌意。见我们跟主人搭话后,便开始不停地摇着尾巴,大弧度的,表达了一种难抑的兴奋。它不急不缓地踱步到主人脚下,在裤腿边磨蹭了一下,舔了舔贴身的裤脚。彼此,算是相依为命了。

雨停了,房主人把我们送了出来,又缓慢地走了回去。脚下的路,是浮动的,晃眼。一扇的门,"哐当"一声,轻轻地合上。我已看不清来时潮湿的脚印,一如看不见自己的眼眸。在小雨的包裹下,我似乎在做梦中的蛹。

此时,内心有一种无法言说的酸楚。是为这位老人的处境感到悲哀,还是该为这位老人与世无争的坚强而点赞呢?常言道:不比不知道,一比吓一跳。有人说,幸福的深处,便是一种凝望。已经衣食无忧的我们,跟这位老

人相比，是不是多了一点幸福感呢？站在这轻问中间，感觉是在裂变的声音中踉跄……

人生无根蒂，飘如陌上尘。不如意者，十常八九。看开，想开，放下。自然而然，随缘自在，随遇而安，知足常乐！佛曰：迷时师度，悟时自度。若禅意真是一剂良方的话，不妨时时想起，许会少一分苦痛，多一分舒心。路是走错了，心却有了落脚的地方。心中所悟，心中所得，当胜似一景吧。

斗峰山寺

从园丁背返回，中途绕个弯，便直接去斗峰山寺了。

斗峰山寺，地处五指山东面的腹部。道路两旁，森林茂密，竹海绵延，山花烂漫，暗香浮动。开着车，慢慢地在这望不到尽头的小路里穿行，简直就像一叶小舟在绿色的海洋里飘荡。

满面清香，扑鼻而来。是哪来的花香？不由分说，停下车，四下探巡。林间的野花，一朵朵，一串串，有藤萝系甲的，有依附攀岩的，千姿百态，在肆无忌惮地开放。山风吹来，生动摇曳，似在诉说一种情怀。突然，让我想起一个诗句：繁枝容易纷纷落，嫩蕊商量细细开。一个"商量"，就让我羡慕不已。

张开双臂，作了几个深呼吸，沁人肺腑，是一股清新而甜美的味道。真是美妙啊！就在一吸一呼间，全身通畅，让你感觉到血液在奔跑，身上的每一个细胞，在氧离子推扯下，生龙活虎，跃跃欲试。而那颗烦杂的心，早已被抛到了九霄云外。真是一份久违的清静。有人说，如果想让自己找到一处清静，最好的办法就是去闭关修行。许，那只是茫然的人，所寻找的无奈之举。其实，心境简单，一切纷扰皆成空。一个幽静的地方，一个隔世的去处，就能让你把心彻底放下，心中自然而然就会有那一份坦然和宁静。

斗峰山寺，建在半山坡上。前方并不平坦，悬崖峭壁，只是那一排粗壮的大树，施了障眼法，让人看到了也不会感觉到可怕。寺庙规模不大，却历史悠久，香火兴旺。庙门有一副对联：迎四方弟子来朝拜，应万众信士无虔诚。对联老套，有点俗气，没什么深意，可惜了这么好的风景名胜。从石碑得知，这座寺庙，始建于乾隆四十八年。算起来，已有两百多年的历史了。一些施工员，正在前方砌护坡。还有一些上了年纪的妇女，在寺庙里忙碌着。交谈了几句，才知道那些妇女都是信众，自愿前来寺庙投工投劳的。这突然让我想起了一个"念"字。仔细揣摩这个字，才发现，上半部是一个"人"，

与中间的结合,就成了一个"今",但它是放在"心"上的。完整的意思,能不能把它解释为:我今天是放在心上的,想人或者做事。似乎有了深奥的禅意。

这是一方净土。站在大殿里,就能站出一方清凉。远离外界的喧嚣,褪下伪装的笑容,就能安静看清自己。把一切都沉入安静之上,一切皆无,一切皆有。

有人说:想不开,就不想;想不到,就不要。虽然没有办法左右太阳什么时候升起,但是可以决定自己什么时候起床!我觉得很有道理。

来的时候,是为来。去的时候,是为去。

大山头

回到三岔口,转往另一个小山村:大山头。

一进村口,我们有了一个惊奇的发现。一部破旧的丰田皮卡车,竟然被废弃在村口路边的小树林里。车顶,铺满了一层落叶。车头拐角的一些部位,已经锈色斑斑。车牌,仍然挂着,只不过只挂了一边,另一头掉下去了。仔细一看,竟然还是闽K的车牌。闽K的车牌,是福州的车牌,怎么会在这深山老林里?这个发现,让我们大为惊讶,以至于让人浮想联翩:是盗贼的作为?还是好事者的故意做派?难道又是……呵呵,尽情去想象吧!

沿着山路往下走不远处,就可以看到全村的面貌了。房子,依山而建,估计有十来幢吧,就像被人随意撒落在这里的棋子。那些房子,因为房主人的搬迁,缺少维护,大都已经破败不堪了。好友说,目前这个村子,只有两位老人和一个养蜂人在这里居住了。心中陡然一落,冒出了四个字:"物是人非"。

可是,我们找遍了整个村子,也没见到一个人。只是在老人居住的屋前,看到了八只羽毛亮丽的大阉鸡,若无其事地蹲在石头上或者木头边,闭目养神。一个破开了的南瓜,分成两片,丢在地上。一只公鸡正在啄南瓜的边沿,不知这些南瓜是不是这些阉鸡们一天的口粮。院子的空地上,长满了鱼腥草,密密挤挤的,没有一点空隙。侧房前的一口水缸,承接着水管从远处引来的泉水。有漏水的声响。水缸的上部,用一根铁线箍住。水缸的中间,破了一个大洞,足有鸡蛋大。这口水缸,永远也装不满水了。周围,一片寂静,似乎进入了睡眠。只有勤劳的蜜蜂,在房子的周边,田野里,山峦间,飞来飞去,在细心盘点着鲜艳的花朵。

继续往前走几十米,见到了一条小溪。泉水,从山上沿着坑沟滑溜下来。翻山越岭,无休无止,仍在不知疲倦地欢唱着。尽管周边已经落魄,已经荒芜,但它没有抱怨,没有嫌弃,无怨无悔,似乎这个地方才是它的安身之地。在这里,你用心感受,能体验到的或许是另外一种感动。

村头的破车,水缸的破洞,无意的发现,却是伟大的发明。一个衰败的村落,许就是再高明的设计师,也很难酝酿出这种无声的创意。如果不是细心去观察体会,内心世界许永远也无法抵达那种芒刺的感觉。当时的情景,曾让脑瓜闪现出"破落"一词。后来总觉得,"破落"还真不是一个好词儿,有点像一颗滚落的西瓜,裂碎了,心痛。当用心轻轻低诵的时候,就会好像看见那两个字挨坐在老屋的角落,笼着一层言语不清的落寞、冷寂、凄哀、生涩,以至于让我不忍继续。

这个古老的村落,看不到砖房,看不到电视,看不到网络,它最大的特点就是没有特点,跟其他偏僻地方的村落一样,平淡,乏味,没有激情。可是,有一点,却让我久久不愿离去,因为那里的景象,一定会让走出去的人回忆起更多的乡愁和过往的曾经。

其实,流逝的时光,退后的风景,终究是要渐行渐远。为一个美的梦,每一个人都在撑一支适合自己的长篙……不必抱怨,也无须叹气,路就在路下,就在前方。

要知道,昨天的太阳,已无法晒干今天的衣服!

村口那几棵大树

时过晌午,肚子饿了,决定返程。

途中,遇见了村口那几棵古老的树。于是,决定作一个短暂的停留,趁机填填肚子。

斑驳的树皮,已是皱褶沟壑。撑开的枝条,茂密的树叶,覆盖了大半个山头。在这里,站成了独特的风景。单就这一处,也能成为心里最美丽的底片。

我说,这么大的老树,该有几百年吧。友说,那应该是爷爷的爷爷的奶奶。为什么不是爷爷的爷爷的爷爷,而是奶奶呢?呵呵,真有点哲学味道了!友用心,车上竟然带上了凳子。点心,用不着囫囵吞枣,可以配着满眼的苍绿,细细咀嚼。友也浪漫,不忘在车内放上一曲温柔的曲子。树叶,跟着浪漫感动。

友说,我们今天本来是去高田的老村部,结果只去了周边的两个小村庄,另外还有更漂亮的五雷山风景名胜也没办法去了!

我说,缺憾才会有念想,留着下次吧!

友还问我,这次最大的感受是什么?我说,就四个字:清、静、幽、美。当然,还有另外一种味道,那就是空气中弥漫着略甜带苦的乡愁!

这个五月,是端坐无心的姿态。轻轻地掀过关于花朵的消息,也掀过了浩荡、恣肆无岸的绿意。在五月将尽的时候,这一切,又遁进了一个转身的影子。

谁?还能喊醒那一片沉睡的古村落?

美丽是永在的,欢喜也是永在的,追求当然也是永在的。

友,暗暗点头。

高田村

  策武镇高田村，距长汀县城十几公里。村庄原有四百多村民，现已整体搬迁至麻陂阳光花园，如今人烟稀少，只有个别人留在山里养蜂等。这里是一个保护完好的原始阔叶林区，古树参天、葱郁蔽日，有许多国家重点保护的珍稀动植物。这里还是一片远离尘世喧嚣的神秘净土，静谧凉爽的天然氧吧，是生态旅游、探险、避暑的绝佳胜地。

双珠泉走禅

双珠泉，慕名已久。

刚到长汀的时候，有人在闲聊时给我提起过双珠泉，我没太在意。心想，无非就是那么一处古迹。长汀，作为一座千年历史文化名城，像这样的名胜肯定不少呢，若有空闲，去走走看看便是。

前往双珠泉，就是冲着那个"名"去考查的。宋太守张宪武曾触景生情，写下了"万叠崇岗揖卧龙，一嶂珠顶翠凌空"的赞美诗句。可以想象，让双珠泉静卧在这样充满灵气的胜景怀抱之中，锦上添花，该是多么的美妙！

择一傍晚，不邀他人，独自前往。心想，好去处，最需要的，应是一份清静与超然。或者说，尘世的人生，最缺少的，许就是那份清静与美好。静的世界，是美的，如小桥流水，空谷幽兰，大漠孤烟。因为静，有了韵致，也因为静，有了超然。要知道，心静了，才能致远；心简单了，世界才会简单。一个"静"字，与其说是一种寻找自我的陶醉姿态，还不如说是一种至高无上的人生追求。

从住地徒步朝双珠泉走，不到三十分钟便到了。

双珠泉，顾名思义就是两个泉眼。先人发现这两汪清泉长年不枯，清冽甘甜，于是，便用石条、砖头将其围起，形成了两口井，后有百姓用水泥、瓷砖重新修缮，为世人受用。日暮时分，不少百姓在用大小不一的水桶装水。谈笑声、打水声，揉搓一起，逗乐了平静的水面。荡漾的波纹，一圈圈，向外沿扩散，拍打着古井的肩膀，有点娇嗔，有点妩媚。井里，分明藏着另一双秋天。不经意间，从井底冒出一长串的泡，圆圆的，大大的，到了

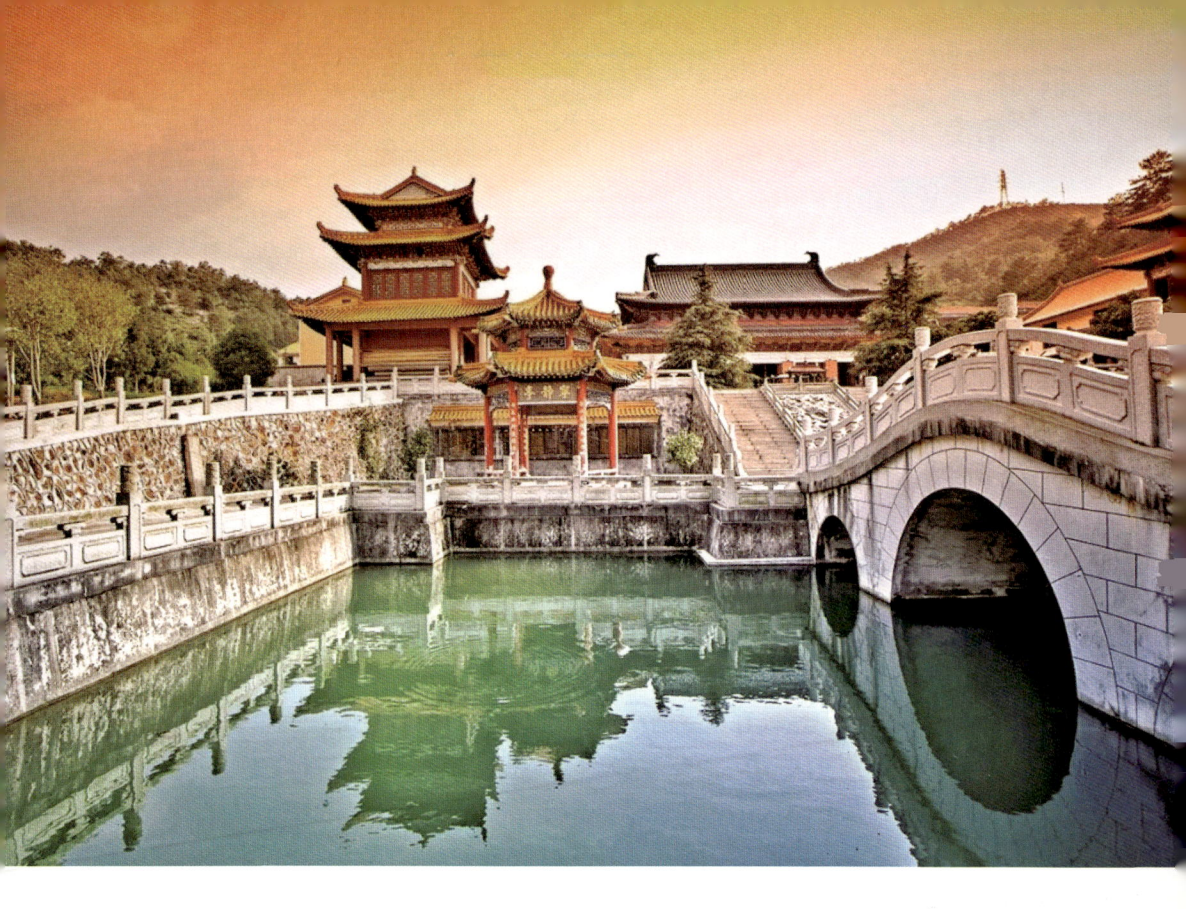

水面瞬间就裂开了，像一张灿烂的脸。井沿，泉水漫流，梦也缓慢地流向了下水口。

两处泉眼，先人认为那是龙的眼睛，僧人们便在双珠泉的旁边修建了一座宏伟的南禅寺。泉有寺多了肃穆，寺有泉多了灵气，可谓相得益彰。看完双珠泉，引起了我对南禅寺的注意，决定前往转转。

岔道进去不远，一座宏伟的石柱牌坊，屹立在宽阔的平地上。高大的石柱，雕刻着三对龙飞凤舞的长联。书法潦草，有些字迹看不懂，但文字流泻，似是一种恩泽。有人说过，与字相遇，可渗透身体，是可以看出温度和情绪来的。近字，可见骨骼，可见血液奔流。对联在这里，或许已经不再是简单的文字，它已经被赋予更多的内涵和见解。暗暗地揣测，若文字的骨头可以伸向天空，那石碑的字就能够直抵内心，带着神秘的浅笑。

再往前走，是南禅寺的山门，一堵围墙把世俗尘嚣挡在了门外。门楼金黄色的琉璃瓦和灰白色的砖墙合理搭配，显得既庄重又肃穆，既堂皇又整洁。门楣上刻着三个大字"南禅寺"，金光闪闪。走进大门，两旁分别立着"哼哈二将"的神像，体格健壮，手握神器，威风凛凛，双眼突兀，审视前方。瞧那"哼哈二将"威武的神态，料想惩恶扬善乃是他们的天职，对那些恶人肯

定也是不会手下留情的。

　　穿过门楼，前面是三座拱形石桥连接起来的放生池，池边立着大理石雕刻的滴水观音，慈悲、庄严而圆满。红鲤鱼，在池中自由散漫地游弋着，看淡，安然。世人，因发了善心，把鱼放进了池中，寄予了幸福快乐的厚望，期待脱胎换骨。望着那一群无忧无虑的小鱼，突然让我心潮起伏，感慨万千，顿时萌生了奢侈的念想。月前，年方十七的小侄女，十分聪明乖巧，却突然离我而去了，给家人留下的是满树的飘零和无法拾起的落红。听到噩耗的那一刻，心中陡然一落，只说了四个字："无法接受"。是啊，面对岁月的无常，面对岁月无情的撞击，我们又能怎么样呢？翻阅生命里最舍不得的曾经与过往，心中更多的只是无奈与挂念，只能悄悄地擦干眼泪，把那一份美丽的念想，深深地埋藏在最隐蔽的地方。想象着天国的她，若能像池中的小鱼一样快乐无比，那该有多好啊！

　　曾思考过这样一个问题，看到玫瑰的名字，是否就能够看到玫瑰的灿烂花开？许，怀着爱，就要怀着凄楚……手机的微信里，至今仍保存着一个灰暗的网名，走在了心上，踏得疼疼的。你站在网名中间，我却在你的字里踉跄……

　　越过石桥，两旁是可休息的凉亭。右侧一座是"心安亭"，两侧嵌一对联：心存善念虫鱼鸟兽皆生命，安被营民湿化卵胎共太平。联中之意，蕴含了做人的道理。有人说，善念，是一种博大的仁慈和绝对的完美，引导世人心中的大爱，对人如此，对动物也应该那样。仁慈在于，只要你拥有这份善

心，就会有一条越走越宽的大道。完美呢，则是以矫正人性的残缺和丑陋，来证明、弥补人性的不足，靠人的向美向善之心来加以证明。从这种意义上说，善念，是世人一切行为的准则。我认为，这非常紧要。

左侧一座为"宁静亭"，也有一副对联：宁心养性无烦恼，静气安神益健康。是教诲世人养生之道。实际上，在浮躁的人生路上能拥有"宁静"二字的人并不多，也并不容易。先哲说，没有苦难，未必美妙，彻底的圆满，只不过是彻底的无路可走。

如何面对种种苦难，的确是人生的一大智慧。史铁生的《病隙碎笔》中有一段关于上帝考验约伯的描写很能说明问题：约伯在失去财产、失去女儿，最终染上恶病，仍然能够坦然泰之，没有对上帝任何怨言。上帝终于把约伯失去的一切都还给了约伯，并赐福给了这位屡遭厄运的约伯。所以，面对苦难，要有一个正确的态度。黑夜，终究还是会过去，黎明一定会到来。人，不可消失的是心里的希望，希望与人同在，才应是信仰的真意。

沿着台阶往上走。中间有两块九龙石壁，龙腾云绕，镂雕细凿，十分精美，与天王殿前的四根盘龙大柱遥相呼应，气势雄浑。天王殿内，南方的增长天王，东方的持国天王，西方的广目天王，北方的多闻天王，个个目光炯炯，威武高大。中间的弥勒佛，盘着腿斜坐，垂着方面大耳，露着圆大肚皮，右手则拿着一串佛珠，眯着眼，咧着嘴，乐呵呵的，潇洒自在。突然感到，佛乃觉悟，是一种非常深奥的禅意。人间总是喧嚣、烦躁，而佛陀则引导清静。皈依佛门的人，是在追求一种精神上的解脱，而我们俗人礼佛，许是一种潜藏的情绪，所不同的，是程度的深浅而已。是不是可以说，在人的空灵世界里，那是一种向往，抑或是一种精神？如此说来，皈依无处。皈依，它不仅仅存在一个住处，而永远是在路上，它更是一种心情，一种行走的姿态。弥勒佛的笑脸告诉我们，人生有所求，求而得之，可喜；求而不得，不忧。要有一颗溪水般的心，坦荡清澈，随着季节流转；要有一颗大海般的心，豁然容纳，对着阳光微笑；要有一颗无谓般的心，顺其自然，与大自然一起美丽。"宠辱不惊，看庭前花开花落；去留无意，望天空云卷云舒。"人生，许就应该要有这种豁达的态度。

绕过天王殿往上走，不一会儿便来到了大雄宝殿。两只石雕大象在莲花宝座上安然稳立，两侧古树罗汉松，枝繁叶茂，郁郁葱葱。大雄宝殿内，雕梁画栋，金碧辉煌，供奉着三尊巨大的箔金佛陀坐像，慈光四照，尊贵而端

庄，肃穆而安详。佛陀坐像两旁的十八罗汉，神态各异，栩栩如生，自然而若动。

大雄宝殿的背后是一座双层宝殿，一楼是法堂，二楼是藏经阁。站在高处往下看，佛殿鳞次栉比，错落有致，两侧顺峰而上的走廊，犹如两条游动的长龙，神采飞扬。据说，总长度达三百九十多米，堪称江南寺庙第一长廊。

写到此，却不知道该怎样的结尾。心游远了，情绪有点零乱，但每点每滴，于最软处却分外醒目。太阳正不知疲倦地照耀在对面的山坡上，是一片的红。不是繁华，也不是朴素，是撩拨出的一种安详，抑或是一种温暖。身旁一片蜷曲的落叶飘落，终于想捡起半个安静的夕阳做伴，只是不知该如何安放才好？

寺院的钟声，把时间一点点击碎。把远处近处的人，都领到了光阴跟前，渡过了属于每个人自己的河岸。许，我们都是流浪的过客，只是脊背后面镌刻着不同的烟火。

心里说，无须再去寻找词语，费尽心思洗蓝天色。

双珠泉

顾名思义就是两个天然泉眼。先人发现这两汪清泉长年不枯,清冽甘甜,于是,便用石条、砖头将其围起,形成了两口井,后有百姓用水泥、瓷砖重新修缮,为世人受用。

在水一方

"在水一方",这个词,很有磁性,细细品味感觉像是一块柔软的质地,十分的温润、舒服和美妙。而更多的人,一听到这个词,想到的可能是王清州的山水名画,或是琼瑶的经典原著、邓丽君的老旧情歌。其实,我给大家介绍的"在水一方",是一个地名(有才的家伙,取上这么一个高雅且有韵味的名字,真应该为他点赞),那是一块货真价实却深藏闺中的美丽胜地。它,地处河田镇的蔡坊村,汀江岸边。如有兴趣,不妨随着我的行程,一同前去探个究竟。

米萝码头

那天下午,邀上几个好友,从长汀县城出发,驱车沿着319国道往河田镇行驶十多公里,到一处汀江拐弯且十分优美的地方,那就是要去的目的地——"在水一方"。

下车后,第一站就是"米萝码头",它弯在汀江温暖的怀抱里。这是一个旧码头,一个不起眼的却让许多老人魂牵梦萦的码头。向导说,在汀江航运繁荣的时代,这里可是一个非常了不起的地方。码头岸边的米市十分热闹,商人们源源不断地把大米运往广东一带,然后把所需的洋油、布匹和盐巴一船船拉回来。因此,当地人称它为"米萝码头"。

如今,繁荣早已不在,所有的喧嚣,都回归了宁静。站在码头边上,聆听过往的故事,欣赏美妙的风景,似乎别有一番韵味。

当然,最让人心动的,是眼前那一江汀水。你瞧,江水悠然,轻轻的,不动声色,从远处钻过桥洞,缓缓而来,然后,在小山面前顺势拐了一道弯,又蜿蜒而去，形成了一个宽阔而平静的江面。码头的台阶，不计得失，仍在默默地，守望着江边那几只破旧的小船。不远处，有几位钓鱼者，戴着伞帽，抛竿收线，垂钓一江闲情。这种景致，优美而温柔，生生地就酿出了"绝美"二字。记不清哪位作家写过这样一句话：如果躺在河底，眼看潺潺流水，波光粼粼，落叶，浮木，一样一样从身上流过去，该是多么惬意的事啊！美丽的想象，一身的诗味，跨入人心。

　　山因水而灵动，水因山而温柔。对于水，我有一种莫名的钟爱和亲切。友经常笑我，你的名字不是金就是水，竟然还叠加了三个水，可见对水是极度的喜欢。深以为许。曾有人问我：水，它栖于四季，气态的它，是缥缈的云；液态的它，是湿润的水滴；固态的它，是冰冷的雪。你会更喜欢哪一种？我说，当然是液态的水，它是流动的，一如眼前这一江灵动的活水，淡雅而迷离，空旷而唯美。突然想起舒婷散文的一个句子："平滑如镜的下面，深藏着一个酣甜的梦。"这种惟妙的感觉，是发自内心欣悦的美！

　　岸边，一棵古老的大树，张牙的枝条，遮掩了半个码头。清瘦的叶子，裹不住冬天的凉，风起，在轻吟细语中飘零落下。旁边的一棵大树，光秃，树皮已脱落，死了，却倚靠在它的肩膀，似乎在做最后的告别。这让人感觉到有一份淡淡的凄凉，是那种依依不舍的凄凉。不知道，这棵大树曾经的苍郁，为何莫名而枯？弄不清楚，曾经的相依为伴，为何忍心先行？或许，有太多的无奈，有太多的痛楚，无法与他人言说。在枯树的残断处，它画满了

一圈圈模糊的年轮，算是相亲相爱的历史见证吧。其实，曾经的人们，为了生计远离他乡，在码头上与心爱的人做最后的道别，不也是同样的情景？回头再望，感觉枯树的身上，是一种灰暗的表情，更是一种遥望的深情。

码头的石头上，坐着一位婧丽的小女子，身旁放着一个精致的小挎包。看着远处的风景，专注，若有所思。似乎在陶醉的间隙里，求证着自己的答案。见过一诗句：一个人，在露水的石凳上，坐到了天明。让人是一种莫名的感动。有首歌的名字叫《白狐》，如果放上这么一个曲子，搭配上眼前这一幕的背景，歌声后的独白，应当更是精彩，或许你我都会深陷在优雅深情的意境之中吧！

望江茶楼

不远处，是一座木质结构的建筑"望江茶楼"。

向导说，这处清幽的地方，邀上几个好友，喝喝茶，吹吹牛，一定会让你流连忘返。

眼见为实，匆匆上楼。推窗远眺，果真让我喜出望外！

远方的流水，不停地把上游的流沙，带到对面这块平坦的地方，日积月累，渐渐地就形成了一座月牙形的江心岛。几只白鹭，在对岸江边的浅水处，优雅地漫步，宛如走出了一首恬静的诗句。突然的惊动，腾空而起，芭蕾似的影子，濡染了周边的青绿，相融其间，韵美十足。一群水牛，也在江对岸不停地啃着时间的草，偶尔抬起头，看天边的云，也看周遭的伙伴，很悠闲的样子。喜欢，喜欢它那闲情的姿态。

这个季节并不清瘦，不远处的青山，零星的黄色、红色，镶嵌其间，添增了几分姿色。说句实在话，非常喜欢它的隐退、沉静与怡然，见到它，是一种"悠然见南山"的明朗心境。友说，大山更应是一种深沉与力量。懂风景的人，易懂得是它依稀的风景和缄默的语言，难懂的是一眼望不到边的深邃。觉得很有哲理。

有人感叹说：这风景，简直就是一幅美丽的山水画，如果用窗户作画框，把自己放进去，浑然天成，那该多美啊！爱美的女士们，立刻冲过去，倚靠窗户，"咔嚓""咔嚓"，瞬间把自己定格在了这个美丽的画面上。

旁边的木墙上，挂着一幅书法作品是唐代王维画中的诗句：远看山有色，近听水无声，春去花还在，人来鸟不惊。书法有点韵味，却不够成熟老道。向导说，这是一个书法家的女儿写的，还是个未成年的学生。若是，那已经相当不错了。当然，书法之外的寓意，是画龙点睛的额外收获。诗句的意境，非常切合目之所及的景象。用诗句去独白风景的容颜，用文字去把捏风景的脉搏，真是相得益彰，锦上添花。一直坚信，文字本身就是一道风景，悦心之外，会有一番知遇明晰于心底的另一道风景。

江边小道

鹅卵石小道，沿着江边弯弯曲曲的山坡，不断往前延伸。突然，走在前头的向导停下了脚步说，前方的小道是一条断头路，不能再往前走了。建议我们往旁边的大路走。

"难道就不能试试？"我们的目光，仍被前方的风景诱惑，脚步一直不肯离开。

"以前是有一条小路，因为没人走，现在草长得太高了，过不去。"向导肯定地说。

"那我们不妨去试试，实在不行，我们再倒回来。"执拗的我们决定继续前行。

这让我想起一则故事的导语："前面是一花树，后面是一丛荆棘，站在原地，你可以说出自己的选择。"前者，灼灼的花朵是一种燃烧，但最美丽的事物一旦燃烧了就注定了没有果实，火光暗淡之后是凋零。后者，没有亮丽的花环，却能得到甘甜的刺莓。而我们坚持要做的就是后者，相信会有意外的收获。

树叶，落在小道上，是厚厚的一层。踩在上面，脚底感觉像踩在松软的棉被。感叹悄无声息溜走的日子，还真像落在了枝头上的枯叶，轻风一摇，就落下了。"还真是不好走啊！"后面不知谁嘀咕了一声。"那是，要想看到别人看不到的风景，就要有付出。好比人生，幸福都是靠拼搏得来的。"心情，在小道上打了个滚，发现粘上了不少的叶片，恰能言中景外的许多东西。一串豆状的植物，吸引了大家的眼球。有人说认识它，它叫猪屎豆。明明长得不错，样子也不会太丑，人们为何要冠以其"猪屎"之臭名？我实在想不通，觉得有悖常理，并为之不平。名字虽然难听，我却打心里喜欢。因为它真实而内敛，没有诱惑颠倒理性之姿容，却有一串串美豆之殷实。好友笑着说：别小看这个猪屎豆，它具有诱惑、欲望、挣扎且不可抗拒的面孔。细想，还真有一些道理。或许，猪屎豆是低调的，却同样具有美丽和温存。猪屎豆，在贫瘠之地等待，于焦灼之中平静，或许和奢华荣耀无关，或许与千姿百态

无缘，但却是快乐逍遥的一生，默默地扶着这寂寞的冬季。人呢？你是否会甘愿去做这样低调的猪屎豆呢？

前方是真的没有路了，却没有一个人愿意倒回去。于是，决定从十多米的陡峭山坡上爬出一条小路来。向导在前方探路，其他人紧跟上前。抓着旁边的小树，拉着他人的大手，步步为营。拾坎而上的攀爬，枝枝蔓蔓，其实是一种勇气和毅力的考验。荆棘，刺痛了大伙的躯体。鬼灯草，粘上了美女们的裙子。没有人言败，也没有人退却，最终大伙都爬上了坡顶。爱美的她们，只是笑了笑，优雅地拍了拍。手掌轻落，沙沙作响，刹那弥漫，草尘纷飞。我敢笃定，若给她们两行诗韵，踏出的，一定是别样的风情和美丽。

胜利的微笑，挂在了每个人的脸上。总算明白：世上本没路，走的人多了，便成了路。路，是可以靠自己的双脚走出来的。不经意间得到的这一点感悟，算是意外的收获吧！

江　岸

从城隍庙返回，经过了一座小桥。

伫立桥的岸边，才发现了风景的别致。为了防止桥墩的座基被江水淘空，聪明的人们在桥墩下游的不远处，修了一座呈反弧形的浅水坝。

小小的拦河坝，激起了一层层小浪，沿着坝顶蔓延开去，幻化成的空灵、美丽的羽翼，演绎了一次又一次的情绪。有人说，跳跃的水，摔痛了。而我，分明看见了它可掬的形状，看见了它温暖的色彩，看见了它可视的温度，情愿以独特的方式，把它看成是美的舞蹈，看着它飘，怦然心跳，在水的眼眸之中，在水的发梢之间，在水浅浅的笑意里。

下游不远处，散漫的水草，仍在水底轻柔牵手缠绕。同行的小伙觉得十分浪漫。可没有谁会知道温柔过后的疼痛，也许冬的来临，水的退却，就是一种预言。

江岸的内侧，是一块非常宽阔且平整的土地，中间挖了几条弯弯曲曲的壕沟，从而有了明显的凹凸层次感。这让我想到一词：褶皱。风有褶皱，地有褶皱，记忆也会有褶皱。很喜欢这个词儿，它会给人一个很大的想象空间，它可以是地表因变动而形成的波状弯曲，也可以是生命流程中不经意堆积在身体表面或内心的东西。当然，我更喜欢后者，感觉是一种柔软的形态，感觉到是那么精细地散落在生活的每一个缝隙里，惟妙而清晰。王总介绍说，这里曾经是电视剧《绝命后卫师》主战场的取景地。顿时让我肃然起敬。长汀是中央苏区，为了中国革命的胜利，英勇的子弟们，前赴后继，在枪林弹雨中，冲锋陷阵，视死如归，兑现着自己的诺言。在这每一寸土地上，都流淌着他们炽热的鲜血。他们是功臣，是一座不朽的丰碑。

静立至此，多想聆听你们的传奇故事，多想记下你们的丰功伟绩。只是我的笔太钝了，无法透过那层薄薄的纸背，留下那些关于生命和光阴里感人的东西。

几只黄牛，被一根根细细的长绳，拴在了荒地的矮树头上。一根长绳的距离，成了它吃草或活动的空间。对陌生人的光顾，只是抬头看了你一眼，然后继续埋头数落周边的青草。友说，它没了自由。大伙表示同感。可是，他转头又说，或许有了这样的一块领地，可以填饱了胃，对于没有太多奢望的它来说，就已足够。说的同样在理。或对，或错，答案其实都在各自的心里，而所谓的标准，其实是每个人心里的一张底牌。

安静的江岸，斜倚清晖，慢剪时光。轻风问候，打磨一片荒野的轻语，这里注定是一段自然与和谐对话的美妙章节。

柿子林

冬天脚步有点急。

不到半个月，整片柿子林的叶子就掉光了，只残存几个熟透了的柿子，少了几分青春和美丽。风有风的隐语，叶子有叶子的梦呓。曾经绿叶的雅词丽句，都被一片片落下的枯叶给典藏了。

友说，这一大片柿子林，光秃秃的，没有一片叶子，真是难看。我说，你再看。他说，还是不好看。

柿子的枝丫，仍在顽强地夸张地支撑着那一片天地，像一幅水墨画，粗犷、自然与形韵。曾经的过往，由青绿到枯黄，结满了累累硕果，把一种幸福，淹没在了另外一种幸福里。它们完成了宿命轮回，把那份美好的愿望，覆盖了整个短暂的岁月。我喜欢它的内敛与涵养，因而我觉得它们特别好看，耐看。

非常高兴，在这最艰难的时节，与这片孤寂的柿子林相遇，刚好与潜藏的心情重叠。这个傍晚，光秃的枝条，暗合了天边洒落的余晖。心里有些东西，就被那红彤彤的表情给拐走了。站了一会儿，不知为什么，心儿腾出坚硬的部分，开始柔软，绕开浮躁的生活，流放了最自然、最坦荡的心情，任它安静的落，一落再落。

不远处有座旧坟，背后是一棵树，一个个果子结满了枝头，黄澄澄的，像一个个小灯笼，在诱惑着我们的眼睛。"那是什么？""是柿子""为什么对面的柿子林都是光秃秃的？""因为这棵是野柿子，所以与众不同。"同类的品种，却有不同的出彩。这种野柿子，个小肉少核多，众人并不喜欢，所以少了人为的干扰，但不影响它孤芳自赏。让我想起了曾经的少年，爬上野柿子树，吃了一口不太成熟的柿子，却永远记住了那涩涩的香甜，摘下的，放进那随身携带的挎包里，则是一抹美好的记忆。

　　一切归于寂静，一切也归于回忆。只是记忆的天空，有些甜美的回声。如果我是一个歌者，情愿坐在冬日的果园，作一个短暂的停留，作一个美好的蛰伏。来年，相信又是一个丰收年。

米萝小街

　　走了两个多小时，回到米萝小镇的小街坊。

　　美女们发现了一棵奇怪的老树，说那个被锯掉树枝的疤痕很像一个狗头的形状。仔细观察，还颇有几分神似。当然也有人说像猪头，像马头。总之，一个园子里，有了动物的影子，那就有趣多了，热闹多了。所谓的想象，所谓的构思，所谓的发现，只要能给自己带来不少的开心，能够满足自己的心绪，便贴近了。微弱的光线，透过密集的叶子，斑驳陆离，落在地上，是一个多维度的空间，有着太多的指向，也蕴藏了太多的含义。

王总边走边告诉我，这是一大片待开发的处女地，一共有三千多亩，最近不少商家已经找他们洽谈，有想做旅游的，也有想做休闲农业的……最后他说，他其实只有一个心愿，就是要让这块美丽的净土，有一个妥帖的安置，以造福全村的黎民百姓。简单而干净的词，伴着内心的律动，劫掠了风景。

　　风越吹越薄，可触摸的痕迹，如同临近的夜色一样朦胧。一路走来，实实在在。踮着脚，期待下一次美丽的回访。所走过的每个角落，相信不久之后，必将是一片淡黄鹅绿。

　　冬的空气，也是有温度的。一种暖。

在水一方

地处河田镇的蔡坊村，背山面水，东临三一九国道，西边是大片田地，南靠丘陵林地，北临汀江。汀江在这里拐弯，水流较缓，形成一片比较大的水面，江中心有一座天然的小岛。附近保存有古老的渡口、米笋巷遗址、古樟树林、城隍庙及客家特色古建筑等。

俊秀东华山

前往东华山，是早些年的念想了。

记得 2015 年去河田赤峰嶂的时候，向导对我说，赤峰嶂是"卧天狮形"的狮头，而狮尾却在策武的东华山。狮尾，是最灵动的部位，不仅是赶蝇驱虫的好帮手，同时也是捕捉猎物的大神器。如此说来，看过了狮头，却没见狮尾，是一件大憾事。

于是，择日邀上好友一二，欣然前往。

浓雾的山顶

东华山，位于长汀南部河田、策武之间，距县城十多公里，海拔近千米，山势巍峨，风景秀丽，是长汀八大名山之一，自古以来就是人们游玩观景的好去处。

而这座名山，现在似乎成了一个旧故事，一个遥远的记忆。曾经那段热闹的时光，已经和过往的日子背靠背，不再被触动，被人们久久淡忘在莫名的角落里。

同行的友说，一个古老的名字，已沉睡多年，靠近它、走近它、唤醒它，或许像熊冬眠一样需要漫长的苏醒期。我笑着说，宋朝开始就已经有人在东华山开发建庙，历史悠久，文化厚重，只要我们齐心协力把时间稍为往后拉成蜿蜒透明的线，并在线上缀满各种颜色，就一定会让它重放异彩的。友说，有道理，钟表的齿轮，只要让它转动起来，很快就会铮亮如初。我深信如此。

从县城沿着 319 国道往河田镇走，驱车二十来分钟，便来到了一个村庄，村名黄坑。路侧有一岔口，一块路牌指向东华山。应该就这里分路了。同行的

说，原先这里是没有道路上山的，想上去，都要从策武镇那边绕过来，不但路途遥远，而且小道崎岖，交通十分不便。2004年，政府交通部门投入部分资金，周边村群众及社会各界有识之士踊跃捐款捐物，一共投资了130多万元，才铺设成这条长达5.2公里的水泥路。

为了怕走冤枉路，我们在岔路口，还是慎重下车去找老乡问路。

此时，东华山就在右侧前方。驻足仰望，山峰仙雾缭绕，高耸入云，浮岚飞翠，神秘莫测。光线，正从山顶倾泻，沿着绵延山脉，丝丝缕缕，整座山峰带上了一层薄薄的面纱，有些模糊。或许，模糊，就是一种超然的境界！这座名山，就这么，静静地、无忧无虑地躺在纯净、清然的流光里。

得到老乡的确认后，我们继续前行。沿着盘山小道，撒下一路美妙的风景。

行到中途，打开车窗。云雾在飘荡，能感到那种陈年的沉默，压着头顶的这片天空。这浓浓的雾团，真够大啊，似乎把我们全给装下了。空气里，湿润，全是清一色浅白的色彩和味道。光感中的那份安静，锁住了一山蒙蒙的鸟鸣。路边的小树，仍在渴望向上生长，把美丽的梦想，插在荒芜的山坡，等待春雨浇灌……

雾在动，风在跑。风的毛发，已经飘洒。想捡拾一根不？只要轻轻打一个结，一个结兴许就是一个故事。远处的山峦，忽隐忽现，布满了秘密。它们踏着波纹而来，风是摆渡的舟。这里的一切，寂静了你我。吩咐师傅把车开慢点，放缓。真想站在那儿，静静地享受一会儿所谓的神秘与浪漫。

友说，他来汀已有些时日了，却很少出去走走，甚是陌生，今天来了，感觉很好，很是享受，又多认识了这么一个好地方。从他的语气可以感觉到，他是一个非常惜缘的人。说来也是，人生往来，各奔东西，重逢已是不易，日后重新来到这个地方，又是同样的一拨人前往，谈何容易？哪怕就是相邀一起故地重游，也早已事过境迁，感受又岂能相同？

这一刻，让我明白：人生值得记忆，是因为每一截情事，都唯一不再。唯有"珍惜"二字，才能好好拥有！

东华山寺

半山腰，有一座寺庙，就是东华山寺了。

庙所规模不大，由大雄宝殿及两侧横屋组成。大雄宝殿分为上厅和下厅，上厅供奉着丘、王、郭"三仙"。下殿的横屋，供奉着民间传说中的"八仙"

以及观音、弥勒等众多神像。在外殿左侧，还修有一座"罗公祖师庙"。

　　庙里的师父说，这里是下殿，上殿建在山顶，寺庙是当地周边民众拜神活动的一个重要场所，每月农历的初一、十五，善男信女都会到此烧香拜佛。尤其每年农历的八月十五，会举行隆重的庙会活动，到时，庙内庙外重新装饰一番，插上各色彩旗，请来鼓手乐队，信众络绎不绝，十分热闹。

　　师父接着说，现在的东华山寺，算是比较出名的道教场所了，她就是从厦门的道教场所过来的。这种情形，我还是第一次听到的。道教，它有教义、有教规，有仪式，是用神仙不死之道来教化信仰者，劝人们通过养生修炼和道德品行的修养而长生成仙，升入仙界，求得永恒。而迷信，是人对超自然力量的崇拜和信仰，在民间通常表现为祈求借助神仙的力量，来达到人生之所求，比如消除病灾、保佑平安等等。从某种意义来说，它们还是有较大区别的，不同路径的，在此，它们却能够和谐并处，彼此兼容，这让我大为诧异。

　　道教说，死是乘云驾做仙去了。佛教说，灵魂不生不死，不来不往，死的只是躯体。唯物论讲师说，人来自泥土，又归于泥土。相比较而言，唯物论者的死，似乎更坦然，更无牵无挂。既然死是人类的最后归宿，是一种解

脱,那么,对于死而言,坦然面对的应最为简单,最为舒服。

友说,人生的信仰,很是重要。深以为是。每个人,有不同的追求,有不同的活法,但不能缺少信仰,没了信仰,就会迷失方向,少了生活的滋味。

小道风景

行人说,到了东华山,就一定要到山顶去看看,风景在高处。

在东华山寺的背后,沿着一条水泥小道,拾级而上。小道依山而筑,时缓、时陡,宛如灰蛇。路边的一蓬蓬杂草,低着头,注视来往行人。那低低的弧度,极像在思考,在探究。

友说,爬山不易,讲讲故事吧,可以把路程缩短。此时,身边刚好有一对年轻男女走过,于是,把话题延伸到了世间男女。如男女间的"遇",有的仅见过一面就走近了形影不离,而有的过了大半辈子却突然越走越远了,如谁谁谁,以例为证。突然,有人笑着说,你们都成哲学家了。我说,我感觉自己更像一个小贩,"卖布"的,只有黑白两色。友说:感慨太多,就不是诗了。我说:本来就不是,是简单的陈述。心里却在嘀咕:或许阴天易生情绪,是凉而硬,所有的故事都只适宜拿来陈述。

路边,有棵老头松。树身,沟壑纵横,斑驳陆离。枝丫,旁逸斜出,婆婆起舞。时光如刀。树老了,依然挺拔屹立。或许,树和人一样,从小到大,从嫩到老,从而完成了一个所谓意义的轮回。云朵,堆积在顶处,接近了形而上。还有风和鸟。精灵们细语隐动。

一群妇女从山上下来,其中一位阿姨突然停下脚步跟我打了招呼,并说了几句祝福平安的话语。友问,在这偏僻的地方,竟然也能遇上熟人,而且还对你那么热情?我笑着说,她原先是一位老上访户,后来牵头相关部门把事情最终给解决了。这让我想起第一次见面的她,眉头紧锁,满脸愁容。而现在的她,已经从死胡同走了出来,满脸笑容,神采飞扬。简直判若两人。突然想到一词"倾斜",人,当心情不好处在不平衡状态时,或许,就是倾斜吧。而倾斜的矫正,往往就在于那一时的一念。让人豁然开朗的,也许只是一个道理,左右人心绪的,也许只是一个心结。人生的日子,终究要把烦恼的心事折叠了,然后用阳光的心情,去迎接这个世界。二月尽,看着路边落荒的野草,见过容光焕发的阿姨,甚有感想。我没做声,微微倾斜的姿态,想改变的是一种内心的凝望。

接近峰顶,浓雾散开,视野广阔,清风拂面,令人心旷神怡。环视四周,真有点"一览众山小""鹤立鸡群"的感觉。你瞧，策武乡策田、策星和河田南土段、蔡坊等村，散落弈局，就在眼底。远眺，群山起伏，东面有赤峰嶂，西面是五雷嶂，北面是卧龙山和一条悠悠向南流的客家母亲河汀江，低矮的丘陵，满目青绿，连绵不绝。

深深地吸了一口气，然后又轻轻地吐了出来。一种超然的享受，甚是美妙。曾看过一文说，高度决定视野，不同的高度，就会有不同的人生。人生与登高观景，颇有异曲同工，深受启发。有人说，人生的高度，还在于修行、修养，男人心宽路自通，女人心善貌自美，我觉得颇有道理，心一宽，天地宽；心一善，人间便是四月天。曾在网上看过这样一段话：人生最浪费生命的有三件事：一是评论。评论他人，你未必了解他的全部，论人长短不如取人之长补己之短。二是责怪。责怪无法改变现状，共勉之所以好过责怪，在于既提高了自己，也欢喜了大家。三是担忧。准备不足或者无力改变时才会担忧，前者需要行动，后者需要放下。这就是修行，修为，受益匪浅，应该学着用一颗向上、向善之心，去经历尘世的纷纷扰扰，去拥有人间最简单的快乐和幸福。

日子，或许就是这样一页一页波澜不惊地翻过，只因为这些风景，多了些思考、期待和感动。

金顶小庙

山峰的最高处，金顶，建有一座小庙。

这座小庙，据说是清康熙十一年老僧"恒--元"修建的，原来叫"仙师庙"，也是供奉丘、王、郭"三仙"的。当地老百姓为了与半山腰的寺庙作区别，就把它叫着"上殿"。

小庙的周围，是茂盛的灌木丛和芒草。风，顺着草木跑过来，清微的清，淡远的淡。树丛中的小麻雀，愉快地叫着。估计没几天，它们就会叫出一片片新的嫩叶出来。有人说，它们是天空最细小的纽扣。

一只小松鼠蹲在不远处松树的枝头上，露着一小脑袋儿。忽的，就窜到了另外一个枝头，打量着我们这几位不速之客。见我们还在，就定定地和我们对视。让我想起在《动物世界》的画面里，一人，一动物，面对面，对视，彼此想了解对方。或许，彼此要的，是那一份懂得。正如雪小禅所说的，只能意会不能言传，只有彼此能知道的那种感觉吧。在不言不语中，和一只松鼠，看着这薄薄的天，任日光一点一点流落，一点一点落在周边的山坡上。

进入了小庙。同行的说,许个愿,抽个签吧。我是唯物主义者,没有动作。一位女士说,她儿子今年考试,要许个愿祝他旗开得胜。

　　忽然觉得,"许愿"这个词,在这样的意境里,有着沉甸的分量。或许就是一鞠躬,留下的美丽的心愿,庄重得好像一株幼苗在土里生发。这样的期待,才显出了隽永。从中也让我真正感受到了母性的伟大与深爱,以前一直避讳说"爱"这个字,觉得突兀,不足以印证温柔、深情、执着的很多东西。这时,却觉得这个字真是好,有一种强烈的温度感,它可以穿越生活,穿越时空,表达那种怀抱中温暖的姿态。爱就是爱,无须解释,唯有体会。

　　下山路上,细数周边俊秀的山头,仿佛置身于无法言说的通透寥廓中。或许,就是撞上了一个所谓意义上的"值",忽地就像犁开了一个豁口,让一些风景汹涌而入。

　　回到城里,同事们问我,东华山真的有那么美?当然美。一脸的笑意,算是回答。心美了,一切皆美。心中的风景,只属于自己,或者属于当下温润的春,还有这个即将到来的夏。

东华山

位于策武镇东隅,山势巍峨,海拔千米有余,不与他峰相连,山雾缭绕,山巅耸立,仙雾缭绕,堪称古汀州外八景中山景之最。山巅金顶道坛历史悠久,北宋时便有道士于此结庐设坛。宋元两朝,东华山香火日盛,于山腰莲花宝地盖主殿三仙宫,供奉道教丘、王、郭三位真人。明清数百年间,东华山中香火传续,几经修造扩大规模,成就了如今的东华山道院。东华山道院是目前长汀全域唯一经国家宗教部门认定挂牌的道教活动场所。

后　记

　　把文稿整理完后，提笔想记点什么时，想到的第一句话是：感谢长汀！第二句话：还是感谢长汀！！

　　这个地方，相信一直会让我魂牵梦萦。2012年，阴差阳错把我调到了长汀。说实话，在汀这几年，没干成几件像样的大事，倒是拿了好几年的俸禄，吃了这里不少的饭菜，感觉有点惭愧。这里的乡亲们，热情而善良，以慈悲的胸怀包容了我，以大度的胸襟宽恕了我。每每见到我，还是客人般的热情，还是春天般的微笑，这让我很是感动，终生难忘！

　　千年的历史古城，亮丽的青山绿水，同样让我心动不已。古城、古街，名山、名水、老宅、老庙……常不知所以地就把我牵引，不知不觉地就有一种轻灵的东西，在心上缓缓蔓延，任一切灵动、游走……于是，清然落笔，随意涂鸦，只是不敢着重，生怕坐疼了一段古老而美丽的章节。

　　文友说了，你写的文字好看。不知道这是不是恭维话。说真的，我没多少自信。所收录的这些篇什，没有什么章法。因为，我既没进过什么大学中文深造，也没有受过什么文学导师真传，自然就不懂得什么才是章法。所写的东西，散文不像散文，随笔不像随笔，游记不像游记，都是即兴之文，感觉好玩，随感而作罢了。当然，有一点可以肯定的是，所到之处，与这里的人，与这里的物，我是把心都交了去！

　　空灵着心，流转着情。喜欢用文字来记录自己的行踪，也喜欢用文字来表达自己的心情，慢慢细数静默时光的味道。把曾经感动过的、牵念过的、不舍过的，都装进记忆里。相信所有这些东西，会一直陪我在前进的路上。

前面说了，受过长汀乡亲们太多的恩泽，无从为报，就把这些文字收集整理成册，权当为这座美丽的古城做点宣传吧！

付梓之际，感谢谢有顺老兄在百忙之际为本书作序，也感谢董茂慧、李艺爽女士为本书插图的辛勤付出。向那些长期关注和支持的文友们，在此一并感谢！

2019 年 5 月 18 日